Maaßlosigkeiten

Dieses Buch ist allen Menschen gewidmet, die unter Mobbing leiden. Gebt nicht auf, denn dann haben sie (die Täter) gesiegt und fühlen sich bestätigt in ihren Handlungen!

Jörg Maaß

Jörg Maaß

Maaßlosigkeiten

Fantastische Kurzgeschichten von Jörg Maaß

Bibliografische Information der Deutschen Nationalbibliothek:
Die Deutsche Nationalbibliothek verzeichnet diese Publikation in der Deutschen Nationalbibliografie; detaillierte bibliografische Daten sind im Internet über http://dnb.dnb.de abrufbar.

Dritte, leicht überarbeitete, Fassung
© 2020 Jörg Maaß
© Cover: Jörg Maaß

Herstellung und Verlag: BoD – Books on Demand, Norderstedt
ISBN 978-3-7481-21114

Vorwort

Es ist einige Zeit seit dem Erscheinen von Irritationen des Irrsinns vergangen und mehr als einmal habe ich mir seitdem die Frage gestellt, in was für einer kranken Welt ich lebe. Die Tendenz oder Richtung (wenn man es so bezeichnen will) wirkt bedrohlich. Werte wie Toleranz, Respekt, Wertschätzung, Vertrauen und Zusammenhalt scheinen bei vielen Menschen völlig verloren gegangen zu sein (waren bei einigen aber vielleicht auch nie vorhanden?). So viele Menschen, die über dich urteilen, obwohl sie dich nicht kennen und auch nie verstehen werden, aber ihre Ansichten über dich als Wahrheit verkaufen, dazu über das Privatleben anderer herziehen. Aber es gibt auch immer mal wieder welche, die einem Mut machen, weil sie eben nicht in diesen klein karierten Schema F-Bahnen denken. Leider viel zu wenige.

Die Storys sind wieder sehr unterschiedlich. Der Blähterrorist (mein persönlicher Favorit des Buches) ist eine sehr schräge Geschichte, mit der ich Ende 2015 begann und die ursprünglich schon Inhalt meines vierten Buches (Gefangene, Befreier und ein blutiger Platz) werden sollte, aber erst jetzt (Januar 2019) beendet wurde. Sie ist ziemlich überdreht und die Akteure haben mit Absicht sehr ungewöhnliche Namen bekommen. Mir kamen im Laufe der letzten Jahre so viele Ideen, sodass der Blähterrorist mit Abstand die längste Story wurde. Sie spiegelt deutlich in stark übertriebener

Form meine Abneigung gegen spießige, intolerante Menschen wieder, zeigt allerdings gleichzeitig auch die Doppelmoral auf, die einige Menschen an den Tag legen. Die Inspiration zu der Story „Die letzte Zuflucht bekam ich während der USA/Nordkoreakrise 2017. Sie ist sehr freakig und tendiert ebenso wie Flecken der Verdammnis (hier nur sehr leicht) in Richtung Endzeitstory. Horror darf natürlich nicht fehlen, war ja in den letzten Büchern immer ein Bestandteil, diesmal etwas weniger dosiert (Garten des Todes, Herr des Moores) und eine Mysterystory (Das Licht in der Dunkelheit) ist auch Teil des Buches.

Die Gefahren des Krümeltabaks ist, streng genommen, eigentlich keine Kurzgeschichte, sonder eher ein für Poetry Slams geeigneter Text.

Alles in allem ein Buch mit Geschichten unterschiedlichen Genres (einige sind auch nicht einortbar, ich bin sowieso gegen dieses Schubladendenken)

Ich wünsche euch viel Spaß und Freude beim Lesen

Jörg Maaß

Das Licht in der Dunkelheit

Sie spürte weder den herabfallenden Regen auf dem Körper, der ihre Kleidung langsam durchnässte, noch den immer heftiger wehenden Wind, welcher die langen glänzenden schwarzen Haare durcheinanderwirbelte. Die gesamte Aufmerksamkeit der Frau widmete sich einen weit entfernten, leuchtenden Punkt. Schon gestern Abend und an Tagen zuvor war er ihr aufgefallen, doch heute ergriffen sie bei dem Anblick heftige Emotionen. Neugierde, Faszination und eine Art Appetenz wallten in ihr auf.

Doch was konnte der Auslöser der Lichtquelle sein und warum schien sie nur am Abend? Dort, jenseits des Stadtrandes, standen keine Häuser oder Bauernhöfe, es gab dort nur Felder, Wiesen und kleine Wäldchen, durch denen mehrere Wege führten, wo viele Hundebesitzer mit ihren vierbeinigen Freunden spazieren gingen. Auch sie hatte sich in der Vergangenheit, als Harald, ihr verstorbener Schäferhund, noch lebte, oft in dem Gebiet aufgehalten. An warmen Frühlings- und Sommertagen herrschte in der, weitestgehend Mutter Natur überlassen, Gegend eine geradezu idyllische Atmosphäre.

Wie ein Magnet wurde die Frau von dem fernen Schein angezogen und lenkte ihre, fast einen ferngesteuerten Roboter gleichenden, Schritte in die Richtung des mutmaßlichen Entstehungsortes. Sie ernte, ob ihres geistesabwesend wirkenden Benehmen, etliche argwöhnische Blicke von vorbeigehende Menschen, doch registrierte diese gar nicht, da ihre

Augen einzig auf das Licht fokussiert waren. Plötzlich wehte eine starke Windhose ihre Mütze fort. Als sie die Kopfbedeckung endlich wieder eingefangen hatte, war es verschwunden. Nach einer kurzen Wartezeit, während der sie hoffnungsvoll zu dem Platz der, jetzt erloschenen, Lichtquelle, hinüber starrte, ging sie, tief in Gedanken versunken in den mittlerweile strömenden Regen nach Hause. Dort angekommen wechselte die Frau ihre Kleidung, legte die durchnässte auf die Heizung und dachte über die merkwürdige Erscheinung nach.

Seltsamerweise schien das Lichtphänomen von niemand anderem bemerkt worden zu sein, was zuerst große Verwunderung in ihr auslöste, sie anschließend aber zu der Annahme kommen ließ, dass es vielleicht ein Zeichen für sie war. Ein Zeichen? Aber von wem? Und warum verschwand das Licht plötzlich, so als ob jemand einen Schalter gedrückt hatte? Dann kam ihr der Gedanke, dass die Erscheinung nicht real, vielleicht ein Tagtraum oder Ähnliches war. Dies schien eine mögliche Erklärung zu sein, denn ihre Psyche wirkte der Frau, wenn sie ihren Gesundheitszustand selbstkritisch analysierte, bedingt durch die Erlebnisse der letzten Jahre, stark beschädigt.

„Beschädigt, welch absurde Bezeichnung für etwas, das man nicht anfassen und deformieren kann. Aber dennoch ist das eine gar nicht so abwegige Hypothese mit dem Tagtraum", dachte sie, während sie den Wasserkocher nahm und heißes Wasser auf den Holundertee in ihrem Becher goss. Nach einigen kräftigen Schlucken verschwand der leichte Schüttelfrost, den das nasskalte Wetter bei ihr ausgelöst hatte. Vielleicht waren es Halluzinationen, hervorgerufen durch Fieber, kam in ihr eine weitere Vermutung auf, die der Frau aber nach kurzem Grübeln als zu weit hergeholt erschien, denn mehrere Tage die gleiche Fantasterei wäre allzu merkwürdig. Außerdem hatte sie mindestens an zwei der vorherigen Tage kein körperliches Unwohlsein verspürt. Kopfschüttelnd verwarf sie den Gedanken wieder, da er ihr als zu unsinnig erschien. Es wird wohl doch die Psyche sein, mein Gehirn, das mir etwas vorgaukelte, schlussfolgerte sie und legte sich auf die Couch, mit dem festen Vorsatz dort etwas zu relaxen und das Erlebte zu vergessen.

Als gerade eine Phase der Entspannung einsetzte, liefen plötzlich traurige, teilweise noch unverarbeitete, Ereignisse vergangener Jahre in ihrem Kopf, wie ein schnell abgespullter Videofilm, ab. Der Tod des Schäferhundes Harald, ein jahrelanger treuer Freund und Beschützer, dann die Scheidung von ihrem Mann, nach sechs Ehejahren mit viel Streit und einigen gewalttätigen Auseinandersetzungen. Diese und andere, von ihr längst verdrängte, traurige und zum Teil auch tragische Vorfälle schossen urplötzlich in rasanter Geschwindigkeit wieder als Bilder aus ihrem Memoryspeicher an die Oberfläche empor.

„Wir tragen alle unsere Dämonen mit uns herum, in tiefen Verliesen eingekerkert. Du glaubst, dass du vor ihnen in Sicherheit bist, doch dann brechen sie plötzlich wieder aus und quälen dich", sagte Großvater einst zu ihr. Diese Äußerung rief sie sich wieder aus der Erinnerung hervor. „Wie recht er damit hatte, damals, als Jugendliche, wusste ich mit dieser Aussage nichts anzufangen. Für Sigmund Freud wäre ich jedenfalls ein ausgezeichnetes Studienobjekt gewesen", stellte sie mit einem kurzen Anflug von Galgenhumor fest, der aber sofort wieder von düsteren, traurigen Gefühlen verdrängt wurde. Tränen unterdrückend, versuchte die Frau ihre trüben Gedanken zu vertreiben, indem sie den Fernseher einschaltete, aber leider lief auf den Sender gerade eine Nachrichtensendung, die über verschiedene Kriegsgebiete berichtete. Schnell zappte sie weiter auf das nächste Programm, wo eine Reportage über ansteigende Jugendkriminalität gezeigt wurde, was die Melancholie noch verstärkte und sie veranlasste das Gerät auszuschalten, um sich stattdessen lieber schlafen zu legen.

In der Nacht träumte sie von dem Licht. Ohne zu zögern, ging die, vom Schicksal malträtierte, Frau über Feldwege direkt auf die Erscheinung zu. Kurz vor einem kleinen Wäldchen stoppte sie, denn dort war der Entstehungsort, das anfangs schwache Leuchten hatte sich nun zu hell strahlenden Licht gewandelt. Als sie den dunklen Forst betrat, zeichnete sich, erleuchtet von der Lichtquelle neben einem Baum die Silhouette eines Menschen ab. Laut schreiend erwachte sie und stieg nach Sekunden der Besinnung zitternd und kopfschüttelnd aus ihrem Bett. Die Frau spürte Schweiß an ihrem Körper herunterlaufen, paradoxerweise aber auch gleichzeitig unangenehmes Kältegefühl, das bei ihr Gänsehaut verursachte.

„Unheimlicher Traum", kam es murmelnd aus ihrem Mund. Der Versuch einer Rekonstruktion, um sich zu erinnern, wer dort hinter dem Baum hervorgekommen war, misslang trotz intensiver Bemühungen, weil eine innere Blockade, ein Veto des Unterbewusstseins, dies verhinderte.

Da aufgrund des Traumes Furcht vor dem Schlaf von der Frau Besitz ergriff, ging sie zum Fenster, um den strahlenden Vollmond am Nachthimmel zu betrachten. Als ihr Blick sich dann nach unten richtete, konnte sie es für einen ganz kurzen Moment sehen: weißes Flimmern, ungefähr aus der Richtung, wo es die Tage zuvor auch erschienen war. Erneut kalte Schauer verspürend, zog sie die Vorhänge wieder zu und setzte sich auf die Bettkante. Was geschieht nur mit mir? Werde ich allmählich wahnsinnig? Diese und andere wirre Gedankengänge kursierten wild in ihrem Kopf, verursachten Panik und Angst, schlagartig tauchten aber auch Wissbegierde, Faszination und unerklärliche süße Vorfreude auf. Die völlig konträren Gefühle wirbelten ihren Verstand durcheinander und verursachten kurzzeitig emotionales Chaos. Der Blick auf dem Wecker veranlasste die Frau schließlich, sich wieder hinzulegen, um noch einige Stunden zu schlafen, was aber misslang, da sie wegen des Traumes den Rest der Nacht grübelte, ohne zu einem klaren Ergebnis zu kommen.

Während der Arbeit, im Büro einer Versicherung, fiel es ihr sehr schwer, die Konzentration auf ihre Aufgaben zu wenden, immer wieder kehrten die Gedanken zu dem Traum und der Lichterscheinung zurück. Zweimal wurde sie von ihrem Vorgesetzten gefragt, was heute los sei, denn es waren ihr in einfachen Texten mehrere Fehler unterlaufen. „Ich weiß auch nicht, habe schlecht geschlafen letzte Nacht, ist wohl nicht mein Tag heute", erwiderte sie. Der Chef schüttelte missbilligend den Kopf und murmelte etwas, das wie „Wohl zu lange gefeiert am Wochenende", klang.

Am Abend, auf dem Nachhauseweg von ihrem Einkauf, erblickte sie das Licht erneut. Diesmal war es nicht nur ein schwacher Schein, wie an den vorherigen Tagen, sondern wesentlich größer und heller strahlend, dem des nächtlichen Traumes sehr ähnelnd. Und dann hörte sie, wie jemand ihren Namen rief. Sie erzitterte, denn die Stimme wurde nicht akustisch von ihren Ohren wahrgenommen, sondern ertönte in ihrem Kopf, wie ein telepathischer Lockruf! Evelyn! Evelyn, komm zum Licht! Die Worte wiederholten sich in immer kleiner werdenden Abständen in dem Gehirn der Frau. Mit zugeschnürter Kehle, in der Schreie tobten, die nach außen dringen wollten, presste sie die Hände an den Schläfen, um dann, nach einem kurzen inneren Kampf, zielstrebig die Lichterscheinung anzusteuern. Es war mittlerweile kurz vor Ladenschluss und zudem ein sehr trüber, kalter Novembertag, weshalb Evelyn diesmal auf dem Weg keinen Menschen begegnete. Weiter, immer weiter schritt die Frau den Feldweg entlang, nur noch auf dem Lichtschein konzentriert, den Rest der Umgebung kaum wahrnehmend. Je näher sie dem Wald kam, desto heller und größer wurden die Konturen der Energiequelle.

Die Frau beschleunigte ihren Gang und wechselte jetzt in einem leichten Laufrhythmus, die innere Anspannung stieg ins Unermessliche. Keine Furcht oder sonstige Bedenken waren in ihr, nur noch der Gedanke schnell den Entstehungsort der Erscheinung zu erreichen.

Kurz nach ihrer Ankunft am Waldrand trat jemand hinter einem großen Nadelbaum hervor. Es war ein junger, mit einem seltsamen hellen phosphoreszierenden Anzug, der einem Overall ähnelte, bekleideter Mann. Obwohl Evelyn ihn nie zuvor gesehen hatte, kam ihr das Gesicht trotzdem sehr bekannt, ja geradezu vertraut vor. Der Mann winkte ihr wortlos zu und forderte sie auf, ihm zu folgen. „Wer bist du?", fragte sie.

Er ignorierte ihre Frage, ging stattdessen weiter in den Wald hinein, dem Licht entgegen. Von Zeit zu Zeit blickte er nach hinten, um sich zu vergewissern, dass Evelyn ihm folgte. Am Entstehungsort angelangt, erkannte sie, dass nicht, wie anfangs von ihr vermutet, Feuer das Licht verursachte, sondern es schien sich um eine grell flackernde Energiequelle zu handeln, deren Zentrum eine spaltförmige Öffnung preisgab. Als sie hineinsah, konnte Evelyn verschwommen Umrisse eines Pfades erkennen, auf dem der junge Mann zuging. Kurz vor der Lichtquelle stoppte er, wandte sich ihr zu und sprach: „Komm!" Immer nur dieses eine Wort, das er mehrmals wiederholte. „Wer bist du?", kam es erneut aus ihrem Mund.

Er sah sie mit einer undefinierbaren Mimik nachdenklich an, musterte eindringlich ihren Gesichtsausdruck, um dann Sekunden später auf den feuchten Waldboden nieder zu knien. Evelyn blieben weitere Fragen im Halse stecken, denn urplötzlich verschwammen die Konturen des Mannes, wurden kurzzeitig zu unzähligen transparenten Punkten, die Pixeln glichen, aber dennoch optisch zusammen immer einen Körper bildeten, der nun aber schrumpfte. Die Bekleidung verschwand gänzlich, doch konnte sie seinen nackten Leib nur für einen Sekundenbruchteil betrachten. Starr vor Furcht, aber gleichzeitig auch gepackt von prickelnder Faszination, wohnte sie der Transformation bei, die sich innerhalb einer Minute vollzog, ihr aber wesentlich länger vorkam.

Seine Arme wurden zu Beinen, die Hände zu behaarten, mit Krallen besetzten Pfoten. Haare sprossen auf seiner Haut, die kurz danach völlig von einem Fell überzogen war. Der Mund hatte nun nach einer sekundenschnellen Verformung das Aussehen einer Schnauze, die einst runden Ohren nahmen die Form von behaarten Dreiecken an und dann, nach Abschluss des Verwandlungsprozesses, schrie Evelyn auf, denn vor ihr stand Harald. Doch sie kam nicht dazu, den Hund zu streicheln, ihm von ihren vielen vergossenen Tränen und der quälenden Trauer nach seinen Tod zu erzählen, da nur wenige Sekunden später eine Rückverwandlung einsetzte und aus ihrem geliebten Schäferhund wieder der junge Mann wurde. Merkwürdigerweise war sein Anzug trotz der Verwandlung völlig unbeschädigt geblieben.

„Was hat das alles zu bedeuten?", fragte sie ihn. „Komm! Komm mit mir, dann wirst du verstehen", sprach er, betrat den Pfad und deutete der Frau mit einer Geste an ihn auf seinen Weg zu begleiten.

Evelyn konnte es nicht fassen. Jetzt direkt vor dem Licht stehend, verschwanden schlagartig letzte Reste von Melancholie der vergangenen Tage. Stattdessen bereitete sich Ruhe in ihr aus, gepaart mit völligem Wohlgefühl, das durch jedes ihrer Körperteile strömte. So etwas hatte sie in dieser

Form und Heftigkeit noch nie verspürt. Der Anblick des nahen kleinen Baches mit den leise plätschernde Lauf des Wassers, das unter der Einwirkung des Lichts eine wunderschöne goldene Farbe angenommen hatte, verstärkte diese Emotionen noch. Von einigen alten kolossalen Bäumen fiel buntes Laub und wurde von dem böigen Wind durch die Luft gewirbelt. Die Natur inszeniert Konfettiregen, als Auftakt einer speziellen individuellen Gala für mich, dachte Evelyn gerührt. Sie empfand nun ein völlig neuartiges, überdimensionales Gefühl des Glücks und gleichzeitiger Entspannung, eine extreme positive Emotionsüberflutung, die Freudentränen auslöste, von denen mehrere auf eines der flatternden Blätter tropften. Dann blickte Evelyn in das lächelnde, zärtliche Gesicht des wartenden jungen Mannes und folgte ihm auf den ausgetretenen Pfad, wo deutlich zahlreiche, verschiedene Fährten von Menschen und Tieren sichtbar waren, während in weiter Ferne, am Ende des Weges, sich ganz schwach die Umrisse von Gebäuden einer Stadt abzeichneten.

Kurz, nachdem sie den Weg betreten hatte, erlosch das Licht und aus dem Platz wurde jetzt wieder der von Moos und Blättern bedeckte Waldboden, ohne dass Spuren oder andere Zeichen des Geschehens zurückblieben. Nur die Bäume blieben als stumme Zeugen des Ereignisses, das sich über Epochen hinweg in verschiedensten Varianten und unregelmäßigen Zyklen wiederholte, zurück.

Flecken der Verdammnis

Mühsam schleppte er sich durch die Stadt, bei jedem Schritt schmerzvolle Auswirkungen seiner Krankheit in den Beinen spürend. Vorbei an unzähligen gestrandeten Individuen mit ausdruckslosen oder von Qualen verzerrten Gesichtern, alten Häusern, deren Fassaden etliche Risse aufwiesen und ihn an Runzeln und Falten auf den Stirnen von Greisen erinnerten, durchquerte er Straßen mit Schlaglöchern im Asphalt von der Größe einer Wassermelone. Welch ein Kontrast zu dem Zentrum mit seinen verführerisch funkelnden, neonlicht-strahlenden Konsumtempeln. In ihnen herrschte ein Gewimmel von Menschenmassen, das an Ameisenhaufen erinnerte. Unzählige angelockte Suchende, alle gierig nach neuen materiellen Gütern, von denen viele doch nur als reine Status-symbole dienten, hasteten durch die Shoppingmeile. Zwischen ihnen sah man zwielichtige Gestalten, deren Habitus deutlich von denen, die dem Kaufrausch verfallen waren, abwich. Sie beobachteten aufmerksam den Menschenstrom, auf günstige Gelegenheiten wartend, um einen der unbedachten, süchtigen Konsumpilger dessen Geldbörse zu entwenden.

Die Stadt glich einer Hure, die ständig neue Freier suchte, sie aufsog, blendete, ihnen Glücksvisionen vorgaukelte, um sie dann später desillusioniert in Perspektivlosigkeit zu entlassen. Das Leben in ihr glich der Fahrt auf einer Achterbahn mit zum Teil verrosteten Schienen, für deren Instandhaltung sich niemand verantwortlich fühlte.

Jene, die eine Immunität gegen ihre Manipulationsversuche besaßen, wurden entweder zu Gebietern der Verdammten oder entflohen dem Sammelbecken verlorener, gequälter Seelen. Er war eines ihrer Kinder. Jemand, der den Zeitpunkt des Absprungs verpasst hatte und innige Hassliebe mit seinem Geburtsort verband.

In der Behausung, ein kleines Zimmer mit Bad und winziger Küche, die man ihm als Wohnung angepriesen und vermietet hatte, angekommen, legte er sich erschöpft in das alte, leicht marode Bett. Als der Blick des Mannes auf sein linkes Bein fiel, geriet er in ungläubiges Erstaunen. Anfangs hatte er es ignoriert, keinerlei Bedeutung zugemessen, aber jetzt, etwa zwei Wochen nach der Entdeckung, war das einst so kleine hellbraune Mal auf seinem Oberschenkel nun fast schon so groß wie die Fläche einer Hand. Zudem verdunkelte sich der Fleck und nahm eine merkwürdige, vielzackige Form an.

Am nächsten Tag konsultierte er seinen Hausarzt, weil er irrtümlich vermutete, die Stelle würde mit seiner Krankheit zusammenhängen. Der aber widersprach seiner Spekulation und stellte ihm mangels Wissen eine Überweisung für einen Dermatologen aus. Er hätte so etwas noch nie gesehen, es wäre für ihn ein absolutes Novum, sei aber mit ziemlicher Sicherheit nicht Hautkrebs und einen Zusammenhang mit der Arthrose bezweifele er auch. Ansonsten wolle er sich nicht festlegen und habe auch keinerlei Theorien, lautete die, für ihn nicht gerade besonders aussagekräftige, Diagnose des Mediziners.

Vier Tage später hörte der Fleck plötzlich auf zu wachsen. Er war jetzt zu einem sonderbaren symbolartigen Muster geworden, das ihm seltsamerweise irgendwie bekannt vorkam.

Und dann begann sie, die Episode, welche sein Leben komplett verändern sollte. Als er eines Abends wieder auf den seltsamen Fleck starrte, fing das Symbol an zu leuchten, verschwamm vor seinen Augen und wie aus dem Nichts erklangen Stimmen, anfangs nur sehr leise flüsternd und undeutlich. Zunächst kurzzeitig in dem Irrglauben steckend, von Schizophrenie befallen zu sein, wurde der Mann plötzlich, wie durch Magie, in den Flecken hineingezogen. Dort erblickte er längst erloschene Zivilisationen, die ihm älter als die Zeitrechnung der Erdbewohner vorkamen und seltsamerweise gleichzeitig auch futuristisch auf ihn wirkten. Diese Vision, kaum von seinem Versand verarbeitet, wurde von einer weiteren abgelöst, in der er ein altes verfallenes Bauwerk sah, vor dem die Besitzer der Stimmen standen. Männer mit denselben Zeichen, nur dass es sich bei ihnen an anderen Körperstellen befand. Der, dessen Stirn das Mal zierte, forderte ihn auf, sich heute Abend zu dem alten Kloster am Stadtrand, das Gemäuer in der Vision, zu begeben. Plötzlich, von einer Sekunde auf die andere, verschwand die Erscheinung und auf der Haut war jetzt wieder lediglich der Fleck zu sehen.

Verwundert starrte er kopfschüttelnd auf die Stelle, in Erwartung erneuter Visionen, doch nichts geschah. Schließlich setzte er sich auf seine Couch und fing an zu grübeln, wobei auf seiner Stirn etliche tiefe Runzeln sichtbar wurden. Das Kloster, oder präziser ausgedrückt, dessen Jahrhunderte alte, marode Überreste, wurde von der Bevölkerung weitestgehend gemieden, was nicht nur an der Abgeschiedenheit der Ruine lag. Es rankten sich etliche Legenden und mysteriöse Erzählungen um den Ort.

Wenige Minuten vor dem Beginn der Abenddämmerung startete der Mann den ihm aufgetragenen Trip zu dem Kloster, verwundert über seine atypische Courage, oder war es nur Neugierde, die ihn antrieb? Allerdings steckte er vorsichtshalber ein altes Schnappmesser und Tränengas ein, denn die Gegend, welche er durchschreiten musste, stand unter der Herrschaft von gesetzlosen Banden und Straßengangs, die besonders in den Abend- und Nachtstunden mit Patrouillen ihre Territorien kontrollierten und zuweilen Tribut für die Passage verlangten. Selbst die staatlichen Ordnungshüter trauten sich nicht dorthin, scheuten jegliche Konflikte, sie hatten das Gebiet irgendwann dem eigenen Schicksal überlassen. Plötzlich wurde ihm bewusst, woher er das Symbol kannte. Es war das Zeichen der Moparesekinegang! Jene sagenumwobene Bande, über die es nur sehr wenig Informationen gab und deren Mitglieder man tagsüber kaum zu Gesicht bekam. Die anderen Clans zollten ihr aus unbekannten Gründen extremen Respekt und vermieden jegliche Auseinandersetzungen. Soweit er sich erinnerte, war es die älteste Gang in der Stadt und trotzdem gelangten nie irgendwelche Details über die geheimnisvolle Gruppe an die Öffentlichkeit, sie war für alle ein Mysterium.

Kurz bevor er die Grenze zu den kritischen Vierteln erreichte, stoppte er und ging in sich. Was tat er hier eigentlich? Nur aufgrund des, wie sollte man es bezeichnen: Tagtraums?, begab er sich auf diesen äußerst gefährlichen Ausflug, der fast einer Mission gleichkam und sehr unangenehm für ihn enden könnte. Minutenlang stand er einfach nur regungslos da. Die Lichter der Straßenlaternen erleuchteten das Gesicht des Mannes, welches durch zwei, scheinbar in weite Ferne starrende, graue Augen, den Falten auf seiner aschfahlen Stirn, die einen seltsamen Kontrast zu den zahlreichen kleinen dunklen Leberflecken auf den Wangen bildeten, der krummen Hakennase und den leicht nach unten verzogenen Mundwinkeln irgendwie entrückt wirkte, so als ob sich der Besitzer mental in einer anderen Welt aufhielt. Schließlich schüttelte er kurz das Haupt und setzte entschlossen den Weg fort. Dumpf hallten seine Schritte durch die düstere Nacht, nur zeitweilig übertönt von dem pfeifenden Herbstwind, der achtlos weggeworfene Plastikfolien und Papiertüten erfasste, mit ihnen spielte und durch die kühle Abendluft wirbelte.

Plötzlich, wie aus dem Nichts, traten aus dem Schatten eines alten, mit unzähligen Graffitis verzierten Fabrikgebäudes, sechs finstere hünenhafte Gestalten hervor, die sich wortlos in etwa fünfzig Meter Entfernung vor ihm bedrohlich aufbauten. In ihren Fäusten hielten sie Eisenstangen, Messer und andere Waffen, was auf eine bevorstehende, unabwendbare Konfrontation hindeutete.

Doch bevor er über seine Verteidigung nachdenken konnte, registrierten seine Ohren Motorgeräusche, die von der nahen Seitenstraße kamen. Ein alter, weißer Lieferwagen raste heran, bremste und stoppte genau in der Mitte zwischen den Gangmitgliedern und ihm. Merkwürdigerweise bewirkte die

Ankunft des Fahrzeuges, dass die Gruppe sich eilig wieder in das Fabrikgebäude zurückzog. Nahezu zeitgleich öffnete sich die Schiebetür des Autos und zwei der Insassen deuteten mit kurzen Gesten an, dass er einsteigen solle. „Beeil dich, sie haben normalerweise Respekt vor uns, aber manchmal überwiegt der Ärger, dass man in ihr Territorium eingedrungen ist", drängte der Fahrer des Lieferwagens. Zunächst unentschlossen zögernd, gab das aufgemalte Symbol, welches die Motorhaube zierte, letztendlich den Ausschlag, dem Verlangen des Mannes nachzukommen und in derselben Sekunde seines Einstiegs raste das Fahrzeug fort in die dunkle Nacht. Dies stellte sich im Nachhinein als absolut richtige Entscheidung des Fahrers heraus, denn aus dem umliegenden Fabrikgelände und nebenstehenden Häusern stürmten nun Dutzende bewaffnete Männer. Steine, Flaschen, Eisenstangen und Asphaltbrocken flogen, von denen einige die Seitentüren trafen und das Blech deformierten. Der Moparesekiner beschleunigte den Wagen und er registrierte verwundert, was für eine Geschwindigkeit das alte Vehikel erreichte. Innerhalb weniger Sekunden hatten sie den wütenden Mob hinter sich gelassen und fuhren nun durch triste Seitenstraßen hin zu dem alten Kloster. Während der Fahrt sprach niemand ein Wort und auch er verharrte in Schweigen, obwohl ihm etliche Fragen durch den Kopf schossen.

Nach einigen Minuten wilder Raserei erreichten sie ihr Ziel. Verwundert richteten sich ihre Blicke beim Ausstieg gen Nachthimmel, wo Motorengeräusche von zwei Hubschraubern erklangen, die sich dem Kloster näherten."Beeilung!", rief der Lenker des Lieferwagens und eilte voran, hin zu den Überresten des alten Gemäuers. An der Kuppel des Klosters

sah der Fahrgast des Moparesikinerclans für Sekundenbruchteile Bewegungen und hörte Flügelschlag. Das sind
Turmfalken, die haben sich hier eingenistet, erwähnte einer
der Fleckenträger beiläufig. Hastig zwängte sich die kleine
Gruppe durch eine halb zerfallene Seitentür, welche scheinbar der Zugang war. Kurz nach dem Betreten des Klosters
kniete der Lieferwagenfahrer auf dem Boden und öffnete
eine Falltür, die normalerweise niemanden aufgefallen wäre,
da sie die Farbe des Bodens hatte und sich nahtlos der Fläche „angepasst" hatte. „Du bleibst hier und achtest auf die
Hubschrauber, sollten wir Besuch bekommen, gib uns sofort
Bescheid", befahl der Fahrer dem Mann, der eben die Turmfalken erwähnt hatte.

Neugierig fiel sein Blick nach unten, wo er steile Stufen aus
altem Gestein sah, etliche Meter hinab in die Tiefe führend.
Die durch an den Wänden befestigten Fackeln beleuchteten,
teilweise sehr bizarren, psychedelisch anmutenden, Orna-
mente an den Wänden, faszinierten ihn. Keines von ihnen
glich den anderen. Einige ähnelten Arabesken, andere waren
Oktogone mit bunten Mustern, während etliche völlig unde-
finierbar erschienen. Während des, durch die Arthrose in
seinen Beinen für ihn sehr schmerzvollen Abstiegs, betrachtete er sie etwas genauer und stellte dabei fest, dass sich auf
jedem von ihnen das Symbol befand, was die einzige Ge-
meinsamkeit von ihnen darstellte.

Unten, am Fuße der Treppe, befand sich ein Labyrinth, bestehend aus vier Pfaden, von denen weitere abzweigten.
Zielstrebig steuerte die Gruppe den mittleren Weg an, um
dann anschließend mehrmals in kleine Seitenwege abzubie-

gen. Schließlich erreichten sie eine mächtige Pforte. Der Fahrer des Lieferwagens klopfte mehrere Male in rhythmischen Abständen mit der Faust an, worauf ihnen binnen weniger Sekunden jemand öffnete. Tief beeindruckt von dem dahinter befindlichen riesigen, über drei Meter hohen Saal, mit seinen, durch Holzvertäfelungen verzierten, Wänden, an denen zahlreiche kunstvolle Gemälde hingen, dessen Atmosphäre ihn sofort gefangen nahm, folgte er den Männern der Moparesekinegang. Am Ende des Raumes stand ein langer, antiker Tisch um dem herum sich etwa zwanzig Personen, darunter, was leichtes Erstaunen in ihm auslöste, auch etliche Frauen, versammelt hatten. Soweit er wusste, bestanden die Gangs der Stadt eigentlich nur aus Männern, aber bei dieser Gruppe schien das Geschlecht kein Kriterium für die Aufnahme zu sein. Seine Begleiter setzten sich auf freie Stühle und wiesen auch ihn einen Platz zu.

„Es könnte Ärger geben, oben kreisen zwei Hubschrauber", sagte der Fahrer zu dem Anführer. (Es war der Mann, den er in seiner Vision gesehen hatte). „Haben sie euch entdeckt?" „Ich glaube nicht. Jim ist oben geblieben. Er hat eine Truhe auf die Falltür gestellt und wird uns warnen, sollte Gefahr drohen." „Gut!", erwiderte das Oberhaupt der Gang und dann zu dem Neuankömmling gerichtet: „Es ist spät, sehr spät bei dir aufgetreten. Fast hätten wir die Suche aufgegeben. Du hast dich sicherlich schon gefragt, was das Symbol zu bedeuten hat."(Wobei er sich mit dem Zeigefinger auf den Fleck seiner Stirn tippte) Er musterte den, auf ihn sehr charismatisch wirkenden Anführer kurz und erwiderte:„ Allerdings, das interessiert mich sogar brennend, es ist wahrscheinlich der Hauptgrund, warum ich euren Aufruf gefolgt bin". „Nun, dieses Mal haben nur noch sehr wenige. Es ist das Zeichen unserer Ahnen, die vor Jahrhunderten auf der Erde landeten. Sehr wenige überlebten damals, nach den alten Überlieferungen zufolge nur acht. Sie fanden Zuflucht in diesem Kloster. Wir, die hier Versammelten, sind die letzten Nachkommen. Der Prophezeiung nach soll derjenige, dessen Stirn das Zeichen ziert, die anderen suchen und dann, wenn alle, bei denen sich noch Gene unserer Vorfahren im Körper befinden, versammelt sind, wird es geschehen." Neugierig blickte er in die leuchtenden, fast etwas fanatisch wirkenden, Augen des Leaders und fragte: „Geschehen? Was wird geschehen?" „Kommt, die Zeit für die Renaissance der Moparesekiner naht!", sprach der Anführer, die Frage ignorierend, und nachdem sich alle erhoben hatten, schritten sie zu einem Ausgang, hinter dem sich zwei Flure mit mehreren Türen an den Seiten befanden. Zielstrebig steuerte der Clan die Letzte des linken Flurs an, wo aus dem dahinter befindlichen Raum laute Schmerzschreie nach außen drangen. Seine Augen weiteten sich nach dem Betreten des Zimmers vor Erstaunen, denn dort befand sich ein Bett, auf dem eine hochschwangere Frau lag, die kurz vor der Entbindung stand.

Zwei der unseren arbeiten in dem größten Genforschungslabor des Landes. Im Laufe der letzten Jahre ist es ihnen gelungen, aus Genmaterial die exakte DNA unserer Vorfahren herauszufiltern und Samen mit fast hundertprozentigem Erbmaterial zu produzieren. Du wirst nun Zeuge der Geburt eines Kindes werden, das den Urmoparesikiner sehr ähnelt und kaum noch menschliche Züge trägt, quasi eine Reinkarnation unserer Rasse, kündigte ihm der Anführer mit deutlich hörbaren Stolz in der Stimme an.

.

Fasziniert starrte er auf die Frau, deren Wehen jetzt an Intensität zunahmen. Eine Hebamme, auch sie trug das Zeichen, stand am Bett, bereit dem Baby bei der Ankunft in die Welt zu helfen. Als es dann so weit war und alle Versammelten gespannt auf die Niederkunft des Neuankömmlings warteten, erschrak er und schrie laut auf, denn das Erste, was sie von dem Säugling zu Gesicht bekamen, war eine lange, bläuliche, gespaltene Zunge, die intensiv ihre neue Umgebung abtastete. Doch wurde sein Entsetzen jäh gestoppt, da urplötzlich gewaltiger Lärm ertönte. Die Tür wurde aufgetreten, Schüsse fielen und ein vermummter bewaffneter Trupp stürmte in den Geburtssaal. Der überwiegende Teil der Moparesekinegang war zu sehr überrascht und ergab sich. Nur wenige, darunter auch der Anführer, leisteten, frei von jeder Furcht, Widerstand, wurden aber alle anstandslos erschossen.

Er wählte die dritte Option und versuchte unbemerkt den Raum zu verlassen, doch der Schlag von einem Gewehrkolben auf dem Hinterkopf beendete abrupt seinen Fluchtversuch, danach übermannte ihn völlige Dunkelheit.

Mit schmerzendem Schädel schlug er seine Augen auf und sah sich verwundert um. Das war keine Gefängnis- oder Polizeirevierzelle, sondern ein heller, steriler Raum, in dem sich vier Betten befanden, drei davon zwar frisch bezogen, aber unbenutzt und leer. Auf dem Vierten lag er, nur mit Slip und weißen Oberteil bekleidet. Als er gerade mühsam

25

versuchte aufzustehen, öffnete sich die Tür und zwei Personen betraten das Zimmer.

Der etwa fünfzig Jahre alte Mann, welcher, ebenso wie die junge Frau an seiner Seite, einen langen weißen Kittel über seiner Kleidung trug, sah ihn, mit leicht süffisantem Grinsen im Gesicht, an und fragte: „Na, haben sie sich wieder etwas erholt? Er blickte den Arzt und die Krankenschwester (mittlerweile hatte sein Verstand registriert, dass er sich in einer Klinik befand) erstaunt an und antwortete: „Ich bin gerade eben erst aufgewacht, könnten sie mir bitte erklären, was geschehen ist und wie ich hier hingekommen bin?"

„Nun, sie sind gestern Abend im Park umgekippt, neben drei leeren Weinflaschen fand man zwei kleine Behälter mit Fleckenentferner und ein beträufeltes Tuch." Ungläubig starrte er in das Gesicht des Mediziners und versuchte sich an den gestrigen Abend zu erinnern, doch so sehr er sich auch bemühte Bilder von dem Park oder irgendwelchen Exzessen aus dem Gedächtnis abzurufen, es zeigte keinen Erfolg. Schließlich sagte er: „Mein Kopf fühlt sich so an, als ob jemand mit einem Vorschlaghammer draufgehauen hätte." Die Krankenschwester und der Arzt konnten sich ein Lächeln nicht verkneifen. Der Doktor sagte: „Das glaube ich ihnen gerne, der Fleckenentferner und dazu noch in Kombination mit Alkohol wirkt wie ein Narkotikum. Wir würden sie heute noch gerne vorsichtshalber zur Beobachtung hier im Krankenhaus behalten, morgen sollte es ihnen dann wieder deutlich besser gehen." Mit einem aufmunternden Klopfen auf die Schulter des Mannes, verabschiedete der Arzt sich und verließ zusammen mit der Krankenschwester wieder den Raum.

Ungläubig schüttelte er den Kopf, denn als die Hand des Mediziners seine Schulter berührte, meinte er, an dessen rechtem Handgelenk das Mal erblickt zu haben. War dies nur eine Obsession seines bedingt durch den Fleckenentferner derangierten Gehirns oder Realität? Konfusion und Unsicherheit spürend, unternahm er einen erneuten Versuch, um sich an dem gestrigen Tag zu erinnern, doch da war nur die Reminiszenz von dem ... Traum(?). Chaotische, unzusammenhängende Gedankenspiralen wirbelten durch seinen Kopf, kleine Fragmente, Sequenzen eines Films ähnelnd, die kurz auftauchten, beginnend mit der Tour zum Kloster und der Erstürmung des Klosters endend. Seltsamerweise konnte er sich an die Geschehnisse der Tage zuvor auch nicht entsinnen. Die jüngsten Erinnerungen waren Arztbesuche wegen seiner Arthrose und die lagen schon fast eine Woche zurück. Seine Bemühungen führten letztendlich dazu, dass ihn Müdigkeit übermannte. Aber just in dem Augenblick, als er die Augen schließen wollte, sah er wie etwas in der gegenüberliegenden Ecke des Krankenzimmers fluoreszierte, sehr nebulös, diffus und schwer erkennbar.

Mühsam versuchte er, die Schläfrigkeit zu unterdrücken und konzentrierte sich auf die Erscheinung. Da entwichen ihm zwei kurze, dumpfe Schreie aus seiner Kehle, denn dort, am anderen Ende des Raumes, schwebte nun eine geisterhafte Frau, die ihr Baby in den Armen hielt und das Gesicht des Neugeborenen war alles andere als humanoid. Unzählige, pulsierende Flecken, vom Aussehen den auf seinem Bein ähnelnd zierten die Haut. Sein Bein! Sollte sich dort das Zeichen befinden, so wäre dies für ihn ein Beweis dafür das ...

Entsetzt schob er die Bettdecke beiseite, um Gewissheit zu erlangen, ob er halluzinierte oder doch alles Realität war, aber ein heftiger Schmerz in seinem Körper beendete abrupt den Versuch und der Herzinfarkt entführte ihn aus dieser Welt.

Wieder war ein Kind dieser alten Stadt gefallen, nun aufgenommen und behütet von Mutter Zeit und ihrer Schwester, die Unendlichkeit.

Die letzte Zuflucht

Aus allen Himmelsrichtungen strömten sie zu ihm. Die meisten waren Pärchen. Eine der Frauen trug ihr Baby auf dem Rücken, dass sie mit zwei Jacken und zusätzlich einer dicken Decke eingewickelt hatte, auch das Gesicht des Säuglings war völlig vermummt. Bei vielen konnte man stärkere Auswirkungen der Katastrophe an den Körpern erkennen.

Er ließ sie hinein, dankbar, dass er den Rest seines Lebens nicht alleine verbringen musste. Früher scherte er sich einen Dreck um seine Mitmenschen, galt sein Interesse hauptsächlich nur der Vermehrung seines immensen Vermögens. Das erfuhr eine schlagartige Veränderung, nachdem ...

Ja, vielleicht war das jetzt seine Aufgabe, eine Art Wiedergutmachung für die Arroganz und Egomanie, die er lange Zeit ausgelebt hatte. Erschreckt blickte er in die verstörten Gesichter. Einige sahen völlig verzerrt aus, wie von Patienten nach einem Schlaganfall. Deformierte, bizarre Fratzen starrten ihn an, mutierten Clowns mit verwischter Schminke ähnelnd, andere glichen Abbildern aus alten, fast vergessenen Horrorfilmen. Vor fünf Tagen, als zum letzten Male beunruhigende Nachrichten im Fernsehen liefen, floh er in seinen Bunker. Mittlerweile waren sämtliche Kommunikationsmittel nicht mehr einsatzfähig. Der Fernseher empfing keine Sender, die Telefone blieben stumm und auch das Internet war außer Betrieb. Aber durch Mundpropaganda erfuhren die wenigen Menschen, welche den Wahnsinn überlebt hatten, von seiner Zuflucht und er nahm sie alle bei sich auf.

Wer, außer vielleicht der Teufel, konnte auch schon voraussehen, dass dieses Szenario, vor dem sich die Menschheit im letzten Jahrhundert so sehr gefürchtet hatte, nun, wenige Monate, nachdem **Er** die Macht besaß, doch zur Realität wurde? Kopfschüttelnd vergrub der Alte seine Hände im Gesicht und weinte bitterlich.

Nach einigen Sekunden spürte er eine Hand auf seiner Schulter. „Nicht weinen, wir sind dir zu tiefem Dank verpflichtet für alles, was du für mich, meiner Tochter und die anderen hier getan hast", sagte eine junge Frau. Er wischte die Tränen an seinen Handrücken ab und blickte in ihr, durch die Radioaktivität, stellenweise stark verunstaltetes Gesicht. „Sie war früher bestimmt mal eine sehr schöne Frau", dachte er und sagte: „Zu spät, viel zu spät! Ich hätte mich schon viel früher um meine Mitmenschen kümmern müssen. Im Grunde genommen war ich ein genauso selbstsüchtiger Mensch wie unser Präsident, dieser Typ in Asien und andere egomane Herrscher." „Aber DU hast nicht aus Profilierungsgründen einen Krieg begonnen", entgegnete die Frau. „Wer weiß, wenn es in meiner Macht gestanden hätte, vielleicht, denn meine Einstellung war damals ähnlich. Nun ist es zu spät, die Vergangenheit kann man nicht verändern und selbst jetzt bin ich mir nicht sicher, ob meine wahren Beweggründe nicht Verbitterung und Einsamkeit heißen oder ich einfach nur mein Gewissen beruhigen will."

Sie wollte etwas erwidern, wurde aber abgelenkt, weil zwei Hände sich von hinten unter ihr Shirt schoben und die Brüste massierten. „Komm, lass uns doch noch etwas Spaß haben, bevor in einigen Tagen oder sogar Stunden alles vorbei ist", flüsterte ihr eine Stimme ins Ohr. Die Frau drehte den Kopf zu Seite und sah in das Gesicht eines stattlichen jungen Mannes, viel interessanter aber war der Anblick von etlichen Paaren, die ihre, so weit vorhandene, einstige Scheu ablegten und sich, wie in einem Rausch, der Liebe hingaben. Sie stieß die fordernden Hände von sich und sagte: „Ich habe schon jemanden!"

„Aber ...!" „Dieser Mann verdient es weit mehr als du und jeder andere, denn er gab uns eine Zuflucht, essen und trinken. Wir werden wahrscheinlich zwar nur einige Tage überleben, doch er soll wenigstens etwas Dankbarkeit empfangen." „Komm, lass uns in dein Schlafzimmer gehen", sagte sie zu dem Alten. Der junge Mann sah den beiden nach, kurzzeitig verärgert, bis eine junge Frau auf ihm zukam, die von der Verstrahlung bisher nur wenig beeinträchtigt war.

Als der Alte in Richtung Schlafzimmer ging, blickte er verwundert zurück: Eine Massenkopulation hatte eingesetzt. Alle wissend, dass niemand von ihnen den nuklearen Holocaust überleben würde, hatten sie jegliche Scheu abgelegt. Es schien so, als ob sie sämtliche Positionen des Kamasutras praktizierten. Auf dem Boden war ein Gewimmel von, teilweise auch zu dritt, verbundenen Körpern. Nackte, zuckende Leiber in sämtlichen Hautfarben, deren Besitzer ihr irdisches Dasein mit einer letzten Ekstase beenden wollten. Einige stimulierten sich vorher mit verschiedenen Drogen, dabei jegliche Vorsicht vergessend. Drei, schon etwas in die Jahre ge-kommene, Männer schluckten Potenzmittel, um von einer Beteiligung an der wahrscheinlich letzten, ultimativen Orgie der Menschheit nicht ausgeschlossen zu sein.

Wenige Minuten, nachdem sie ihn bestiegen hatte, geschah es: Ein gewaltiger Knall ertönte, eine Detonation von im-menser Wucht und Lautstärke. Der Mann in Asien schien jetzt wohl seine Größte eingesetzt zu haben.

Mit verzerrten, verzückten, aber gleichzeitig auch erleichter-ten, Gesichtern und weit aufgerissenen Mündern, aus denen, tief aus ihren Kehlen kommende, laute Lustschreie nach au-ßen drangen, starben sie, den letzten Orgasmus ihres Lebens genießend, zwar erschreckt durch die Urgewalt, aber den-noch euphorisiert. Der Alte hörte sie, die Laute drangen in seine Ohren und glücklich, ein letztes Mal ejakulierend, spürte er, wie seine Seele aus dem Körper wich, sich mit de-nen der anderen vereinte, um dann gemeinsam mit ihnen fort zu schweben, hin zu einer Sphäre, in der negative Gefühle wie Egomanie, Hass, Arroganz, Neid, Zorn und Habgier gänzlich fremd waren und wo niemals Kriege und Katastro-phen ausbrachen.

Die Blase

Als es begann, lief er nach draußen und irrte seitdem ziellos umher. Zunächst betrat er ein großes Einkaufszentrum, aber zahllose visuelle und akustische Eindrücke dort, die alle fast zeitgleich auf ihn einprasselten, erwiesen sich als ein viel zu großer Informationsfluss für seinen Verstand, schier unmöglich zu verarbeiten. Eilig verließ der Mann das Gebäude wieder und ging durch die bunte, glitzernde City. „Natur!", dachte er, ich muss in die Natur!" Doch als er ein ländliches Gebiet jenseits der Innenstadt erreichte, wurde die Optik noch extremer. Rasenflächen glichen eher einem welligen Meer. Die Grashalme auf ihnen sahen zeitweise wie grüne, spitze Stacheln aus, um sich danach in eine ständig in Bewegung befindliche lang gezogene verschwommene, undefinierbare wabbelige Masse zu verwandeln.

Und dann tauchte **sie** auf: Alles war plötzlich von einer riesigen transparenten Blase umhüllt, die ihre Konturen laufend veränderte. Mal ähnelte sie einer überdimensionalen, runden Seifenblase, dann wurde sie länglicher, nahm ovale Formen an, blieb dabei aber immer durchsichtig, sodass er die Welt dahinter erblicken konnte.

Er schien jetzt einen See erreicht zu haben, aus dem mehrere bunte kleine Drachen in den pinkroten Himmel emporflogen, während knapp über der Wasseroberfläche einige bunte Miniaturhelikopter kreisten. Unzählige bizarre Impressionen bewirkten eine Reizüberflutung in seinem Gehirn. Taumelnd und mit leichten Orientierungsschwierigkeiten steuerte er eine nahe Bank an. Dort angekommen verursachte das Niederlassen Probleme, da auch die Konturen der Sitzgelegenheit ständig verschwammen. Nach drei vergeblichen Versuchen gelang es ihm dann endlich. Er schloss seine Augen, vor denen er zusätzlich noch seine Hände hielt, um etwas Ruhe vor den visuellen Eindrücken zu haben, und versuchte sich zu entspannen.

Einige Minuten verharrte er so in dieser Haltung, wobei sein Gehirn bunte spiralförmige Muster, anstelle der sonst üblichen Schwärze, die erschien, wenn er die Augen verschloss, in irrsinniger Geschwindigkeit vorbeifliegen sah, als plötzlich eine Stimme erklang: „Junger Mann, junger Mann! Ist Ihnen nicht gut? Fehlt Ihnen etwas?" Gleichzeitig spürte er eine Hand auf der rechten Schulter, was ihn veranlasste, die seinen von den Augen zu nehmen, um danach entsetzt aufzuschreien, als er in das Gesicht der neben ihm stehenden Gestalt blickte. Die, einem Pudding ähnelnde, rosa Masse mit zwei großen, verdrehten, Schlitzen und einem in ständiger Bewegung und optisch sich verzerrten Loch, das allem Anschein nach den Mund darstellte, erweckte panische Angstzustände in ihm. Jetzt verformte sich die Visage in eine Art pink glitzerndes Gelee, glibberig und in pausenloser Bewegung.

„Weg, verschwinde, lass mich in Ruhe!", schrie er. Doch das Wesen reagierte nicht, blieb stehen und verzog das Gesicht zu einer noch abscheulicheren Fratze, während der rundliche Korpus Verformungen durchlief, manchmal oval, dann fast kreisförmig war. Als der Mann aber die andere, kleinere Kreatur, neben dem Wesen erblickte, schüttelte er sich vor Grauen. Borstenartige, braune Stacheln und ein scheußliches Maul in denen riesige, spitze, bleckende Zähne steckten. Das Vieh gab bedrohliche tiefe, knurrende Töne von sich, was ihn veranlasste aufzuspringen und fortzulaufen, tiefer in die Blase hinein.

„Hoffentlich hat das bald ein Ende! Ich muss unbedingt wieder zurück in meine Wohnung", dachte er, aber der Orientierungssinn war ihm leider völlig abhandengekommen. In einem kurzen, lichten Augenblick fiel ihm auf, dass er die falsche Richtung eingeschlagen hatte, doch Umkehr würde zwangsläufig zu einer erneuten Begegnung mit den beiden monströsen Wesen führen. Andererseits wusste er nicht, ob vielleicht noch mehrere von den grauenvollen Geschöpfen, die der Hölle entsprungen zu sein schienen, hier herumstreunten. Möglicherweise lauerten sogar noch schrecklichere Kreaturen auf ihn, begierig darauf seinen Leben ein Ende zu bereiten. Bei den Gedanken fühlte er, dass sich Kälte auf seiner Haut ausbreitete, die kurzzeitig den Schweißausfluss stoppte. Dann verschwanden seine Befürchtungen allmählich, weil sie ihm zu abgedreht erschienen. Doch als er auf sein, vom Laufen durchgeschwitztes, Batik-Shirt blickte, stockte ihm der Atem, denn aus einigen der bunten Muster des Bekleidungsstückes bildeten sich albtraumhafte Fratzen mit weit aufgerissenen Mäulern und dunklen Augen. Andere wurden zu großen gebogenen Klauen, ähnlich denen von Raubvögeln, die aus dem Kleidungsstück her raus stießen und nach seinem Hals griffen. Panisch riss er das Shirt vom Oberkörper, warf es in ein Gebüsch und beschleunigte sein Tempo.

Weiter, immer weiter lief der geplagte Mann, hoffend, dass der Irrsinn bald ein Ende finden würde. Irgendwann war er dann völlig außer Atem und setzte sich erschöpft und nach Luft schnappend auf eine Rasenfläche, wobei zunächst aufkommende innere Panik beseitigt werden musste, eine Furcht, dass jene grüne wellige, wabernde Masse, die seine Augen wahrnahm, ihn verschlingen würde. Doch als sein Gesäß den Boden berührte, spürte der Mann, dass alles gut war. Er steckte sich lang aus, klappte langsam die Lider runter und versuchte zu entspannen. Wie lange war es nun schon her, seit ...? Der verzweifelte Versuch einer Schätzung misslang, denn das Zeitgefühl schien ihm nun völlig abhandengekommen zu sein und eine Uhr besaß er nicht. Außerdem quälte ihm jetzt die Frage, ob sein Leben fortan in der Blase weitergeführt wurde, oder verschwand sie irgendwann wieder? Vorsichtig öffnete er wieder die Augen und starrte nach oben. Dort musste sich doch der Himmel befinden, aber er konnte nur bläuliche und graue Muster sowie ein grelles goldgelbes Licht erkennen, alles umgeben, ja eingeschlossen von ihr.

Eventuell hatte diese komische Gruppe doch recht, dass die Erde keine Kugel sei, aber deren absurde, mittelalterliche These, dass sie die Form eines flachen Tellers hatte, konnte er auch nicht zustimmen. Nein, sie war eingeschlossen, umhüllt von einer riesigen Blase, deren Konturen sich laufend veränderten und mit unsichtbarer Hülle, bei normalem Bewusstsein jedenfalls, was in seinem Falle nicht zu traf. Ob die Blase vielleicht die Atmosphäre darstellte, die man ja normalerweise mit dem menschlichen Auge nicht wahrnimmt und durch Bewusstseinserweiterung nun für ihn sichtbar wurde? Der Gedanke erschien ihm gar nicht so abwegig. Vielleicht sollte er seine Vermutungen der Wissenschaft mitteilen, das würde alle Thesen revidieren, Fakten verändern, möglicherweise zu einer neuen, geradezu innovativen Weltanschauung führen und könnte finanzielle Vorteile, vielleicht sogar Vermögen für ihn bedeuten.

Ein anderer Erklärungsversuch, den sein konfus arbeitender Verstand ihm als Lösungsansatz anbot, basierte darauf, dass er sich in einer Art Parallelwelt aufhielt, die eventuell sogar in homogener Koexistenz mit dem Diesseits existiert. Doch was für eine Funktion hat die Blase, woraus besteht sie? Und die Kreaturen von vorhin, was sollte er davon halten? Nahm er die Welt nun so wahr, wie sie in der Realität existierte, was dann in letzter Konsequenz bedeuten würde, dass die normale Sicht irreal wäre, oder hatte das Experiment ihn in eine andere Dimension verschlagen? Wenn die Dimensionstheorie sich bewahrheiten sollte, würde ihn interessieren, ob auch Tiere sie sahen und wie sie mit dem Phänomen umgingen. Bei diesem Gedanken fiel ihm das Chamäleon ein, über das er vor einiger Zeit einen Bericht im Fernsehen gesehen hatte. Durch die Beweglichkeit der Augen, wäre es vielleicht in der Lage, mit beiden Sehorganen die Koinzidenz der Ereignisse von zwei Dimensionen gleichzeitig wahrzunehmen. Aber wenn dies zuträfe, wie konnte es die unterschiedliche Optik in seinen Gehirn verarbeiten?

Einige Minuten gab er sich diesen und weiteren fantastischen Überlegungen hin, bevor er dann zu der Einsicht gelangte, dass es doch nur wirre, ambivalente Gedanken **seines** derangierten Gehirns seien.

Auf der Suche nach etwas Ablenkung kramte der, sich zunehmend psychisch ausgelaugter fühlende, Mann in seinen Jackentaschen und fand dort neben einigen Papieren, die sich als unlesbar darstellten, weil die Schrift auf ihnen ständig verschwamm, eine Lupe, die er manchmal zu Flohmärkten mitnahm. Als sein rechtes Auge hindurchsah und den Boden betrachtete, spürte er ein Zittern, das in den Augenhöhlen begann und dann durch seinen kompletten Körper ging. Irgendein Wesen lief dort unten entlang. Es hatte einen länglichen schwarzen Körper mit glasigen konvexen, leicht verdrehten Augen, die ihn fragend anstarrten. Als es in der Rasenfläche, die ihn jetzt optisch an einen Dschungel erinnerte, verschwand, vermeinte er mit seiner Hand ganz feine Eruptionen auf der Erdoberfläche wahrzunehmen. Dann betrachte er eine kleine, unbewachsene Stelle des Bodens, starrte durch die Lupe hindurch auf die feinen Körner der Mineralien, konnte ihre Rillen und Poren klar und deutlich erkennen, fast so wie unter einem Mikroskop. Nach wenigen Sekunden, die ihm wie eine Ewigkeit vorkamen, hatte er den Eindruck, als ob er in einen besonders fein gemaserten kleinen grauweißen Stein hineingezogen wurde. Die Musterungen auf dem Mineral erweckten in ihm den Eindruck von schier unendlich weiten, vielleicht in das Nirwana führenden, Wegen mit zahlreichen Kurven und unzähligen Gabelungen, Situationen des Lebens gleichend, in denen man vor essenziellen Entscheidungen stand, welche Richtung man einschlagen sollte. Symbolisierte das von der Natur erschaffene Gemälde etwa sogar das Leben? Der Gedanke erschien ihm gar nicht so abwegig, denn wie oft standen die Menschen vor bedeutsamen Entscheidungen, welche Route man einschlagen, welche Abzweigung man nehmen oder doch lieber einen Parallelweg beschreiten sollte. Intensiv musterte er einzelne, besonders auffällig verschlungene, fast schlangenförmige Rillen, von denen sich einige nur durch Nuancen unterschieden. Dann, nach etlichen Minuten intensiven Studiums, die ihm wie Stunden vorkamen, warf er schreiend das Vergrößerungsglas von sich, da er fürchtete, sich in dieser „Welt" zu verlieren.

Nie wieder würde er das Experiment wiederholen, innerlich verfluchte er seine allzu große Neugierde. Ein simples **Nein** hätte genügt, und trotzdem, irgendwie gefiel ihm die starke Sensibilisierung seiner Sinne, was einen inneren Zwiespalt in ihm auslöste. Als sein Blick sich nach oben richtete, fiel ihm auf, dass dort jetzt alles dunkler wurde. Schwarze Gebilde breiteten sich zwischen den blauen Mustern aus, verdrängten das schöne goldgelbe Licht. Eine genauere Betrachtung der Strukturen löste bei ihm Unbehagen aus. Gesichter mit aufgerissenen Mäulern und großen, schlitzförmigen Augen starrten ihn an, aus einem bildete sich ein riesiger Finger, der auf ihn deutete. Sie beobachten mich, dachte er. Kopfschüttelnd fühlte er plötzlich, wie etwas auf seinem Körper prasselte, die Haut feucht wurde. Gleichzeitig vernahmen seine Ohren tiefes, dumpfes, unheimliches Grollen. Mühsam richtete er sich auf und lief zu einer Gruppe von Riesen mit imposanten grünen Häuptern und zahlreichen Armen, die ihm freundlich zuwinkten. Dort, im Schutze der Bäume (Denn mittlerweile registrierte sein sich jetzt etwas lichtender Verstand, dass es sich bei den großen Gestalten um alte Buchen handelte) angekommen, fühlte er nach einiger Zeit, wie es langsam aufhörte und oben wieder die Sonne („Es muss die Sonne sein!", dachte er mit einem kurzen

Anfall von wiederkehrender Logik) zum Vorschein kam.

Die durchnässte Hose klebte auf seiner Haut, von dem nackten Oberkörper rannen einzelne Wassertropfen herunter und ein unangenehmes Kältegefühl befiel seinem Körper. „Bitte lass es endlich enden!", betete er, wobei ihm einfiel, dass es schon etliche Jahre her war, seit er dies das letzte Mal getan hatte. „Vielleicht sollte ich am Sonntag in die Kirche gehen und mich bei Gott bedanken, wenn ich diesen Tag überstehe". Er kniff die Augen zusammen und versuchte sich zu konzentrieren. Die Konturen der Blase verschwammen, zerflossen jetzt allmählich, eine langsame Auflösung, stellenweise erfassten seine Augen jetzt wieder gewohnte Objekte. „Sie verschwindet zwar, aber ICH weiß, dass sie existent ist", dachte er.

Da seine Umgebung nun beinahe wieder normales Aussehen angenommen hatte und SIE fort war, begab er sich auf dem Weg zurück zu seiner Wohnung. Mittlerweile begann es zu dämmern und als er an einer Bucht vorbeikam, stoppte er, um den Sonnenuntergang zu genießen. Was für eine herrliche optische Impression, flüsterte er. Die riesige rote Feuerkugel, umgeben von vereinzelten kleineren Wolken, welche langsam in den See versinken zu schien, stellte ein wunderschönes Naturschauspiel dar, das die Gedanken an die vorherigen Erlebnisse vertrieb. Sein Verstand klärte sich auf, und erneut verfluchte er die in ihm wohnende Neugierde. Nie wieder Meskalin, schwor er!

Der Schlarr vom Affenland

Sie kamen aus dem Staunen nicht mehr heraus. Als erstes entdeckte die Gruppe Bäume, an denen medium gebratene Steaks hingen. Von der leichten, lauen Brise sanft geschaukelt, strömten sie leckeren, appetitanregenden Duft aus, der in die Nasen eindrang und bewirkte, dass ihre Gaumen mit Speichel überflutet wurden. Gierig, mit heraustropfenden Sabber an den Mundwinkeln, rissen sie (mit Ausnahme von Jens) die ungewohnten Früchte ab, wobei für jedes geerntete Fleischstück an gleicher Stelle binnen Sekunden sofort ein neues Steak nachwuchs, um dann, als ihre Bäuche mit den kulinarischen Köstlichkeiten mehr als gefüllt waren, den Weg mit neugieriger Erwartung fortzusetzen, gespannt darauf, was die Gegend an weiteren Überraschungen für sie bereithielt.

Die Expedition war kaum fünfzig Meter weitergewandert, als Kevin mit ungläubigen Blick auf einige Sträucher, an denen, statt der eher zu erwartenden üblichen Beeren, Bierdosen diverser Marken hingen, deutete. Sie löschten (außer Jens) ausgiebig ihren Durst und pflückten sich danach mehrere der ungewöhnlichen Straucherzeugnisse ab, als Proviant für ihren weiteren Marsch durch diese änigmatische, fantastische Welt, die scheinbar alle Wünsche erfüllte. Es gefiel ihnen auch, dass es hier kein Problem mit der Müllentsorgung gab, denn sofort nachdem eine Bierdose geleert wurde, verschwand der Blechbehälter auf wundersame Weise, so als ob jemand einen magischen Zauberspruch aufgesagt hätte.

„Für Pfandsammler wäre das hier aber nichts", resümierte John amüsiert. „Aber dafür gibt es kein Entsorgungs- und Recyclingproblem, außerdem benötigt man hier keine Zahlungsmittel, der Konsum ist völlig gratis. (Dies war eine falsche Schlussfolgerung, wie sie später noch feststellen sollten) Doch wohin verschwinden die Dosen?",fragte Joan. Im weiteren Verlauf der Wanderung entwickelten sich äußerst lebhafte, kontroverse Diskussionen, wobei etliche Theorien aufgestellt wurden, ohne dass die Gruppe zu einem schlüssigen Resultat kam. Die Debatte wurde erst beendet, als sie einen kleinen Tümpel mit bräunlicher Flüssigkeit, dessen Geruch der Wandertruppe sehr bekannt vorkam, erreichten. Ronny sank freudestrahlend auf die Knie, riss seine Arme nach oben und schrie: „Hier bleibe ich, mich bekommt ihr keinen Schritt mehr weiter bewegt". Als Ronny, der schon an unzähligen Whisky Tastings teilgenommen hatte, seine Handfläche in den Tümpel tauchte und von der Flüssigkeit kostete, verzog er entzückt das Gesicht: Maltwhisky vom feinsten, rief er den anderen zu. Seine Gefährten schüttelten grinsend ihre Köpfe. Das war wieder typisch für den alten Spirituosenexperten, wenn er Whisky auch nur roch, oder gar wie jetzt, fast professionell degustierte, verschwand seine Umwelt für ihn. Amüsiert setzte die Reisegruppe den Weg fort, würden sie ihren Kumpel eben auf der Rücktour einsammeln.

„Hier werden ja scheinbar alle Begehrlichkeiten von uns bedient. Was sind denn eigentlich deine Wünsche, Celia ?", fragte John, wobei er seiner Gefährtin einen neugierigen Blick zuwarf. „Das kannst du dir doch denken. Ich möchte

eine Quelle aus der flüssiges Acid anstatt Wasser sprudelt."
„Na, dann müssen wir aber aufpassen, dass du davon nicht
zu viel säufst", warf Joan lachend ein. „Warum? Wir sind
nicht in unserer Welt, hier gibt es bestimmt keine Horror-
trips, prognostizierte sie." Kaum hatte sie ihren Satz beendet, kamen sie an einem kleinen Gebirge vorbei, aus dem
mehrere orangegelb leuchtende Quellen sprudelten, sich ihren Weg durch die zerklüftete Berglandschaft bahnten, um
dann in einem kleinen Bach zu münden.

Es erschien Celia absolut unglaublich, sollte das etwa ...?
Sie eilte zu den Quellen und trank vorsichtig einen winzigen
Schluck der ungewöhnlichen Flüssigkeit. „Und? Ist es
LSD?", fragten die anderen voller Neugierde, dabei Celia
gebannt anstarrend. „Ihr Idioten, das kann ich noch nicht sagen, die Wirkung setzt doch erst nach etwa einer Stunde
ein." Kaum hatte sie den Satz ausgesprochen, wurde sie eines Besseren belehrt. Die Landschaft verwandelte sich, wurde zu einem bunten Wellenmeer, auch die Körper der anderen verschwammen, ihre Gesichter verzogen sich, wurden
schief, verwackelt und nicht mehr klar erkennbar, was heftige Lachanfälle bei ihr auslöste, die sie veranlassten, sich auf
dem Boden zu legen und den Bauch zu halten. „Ich kann
nicht mehr, ist das abgefahren!", rief Celia, wonach sie ein
erneuter Lachflash überkam, nachdem ihre mittlerweile riesigen Pupillen den Affen, einen männlichen Uakari, der
schon seit einiger Zeit die Gruppe aufmerksam beobachtete,
erblickten. Die zahlreichen Falten auf seiner Stirn verzogen
sich unentwegt. Das, von langen mittelblonden Haaren um-
mantelte Gesicht verschwamm. Celias Lachen verstummte
schlagartig, denn nun manifestierte sich die Visage wieder

und trug dämonische Züge, um danach für wenige Sekunden das Gesicht eines Menschen mit trauriger Mimik anzunehmen, was sie erschreckte und für einen Moment beunruhigte. Schließlich schüttelte sie mehrmals heftig den Kopf, wandte den Blick von dem Affen ab und legte sich hin, um den strahlend blauen Himmel und die wenigen schneeweißen Wolken zu beobachten, welche ständige Wandlungen durchliefen, teilweise zu obskuren, unbeschreiblichen Objekten transformierten, um anschließend die Konturen von lustigen Fratzen mit weit aufgerissenen Mäulern anzunehmen, was kurzzeitig aufkommende negative Emotionen in ihr verdrängte, bevor diese die Psyche belasten konnten.

„Also für mich wäre das nichts, ich hätte lieber eine E", meinte Joan kopfschüttelnd und erblickte plötzlich einen kleinen Busch mit winzigen runden, ovalen und rechteckigen Früchten, alle völlig unterschiedlich koloriert, sämtliche Farben des Regenbogens abdeckend! „Ich flippe aus, das kann doch nicht wahr sein!", schrie sie und lief zu dem Gesträuch. Nach kurzem Zögern pflückte sie eine blaue Pille von dem Strauch ab und schickte sich gerade an diese herunterzuschlucken, als plötzlich eine laute, tiefe Stimme erklang: „Nimm lieber nur die Hälfte!" „Wer spricht denn da?", fragte Joan. Alle blickten sich erstaunt um, konnten aber niemanden entdecken. „Das hörte sich so an, als ob die Stimme von der Spitze des Gebirges dahinten kam", meinte Jens. „Ist auch egal, der Unbekannte hat recht, ich sollte lieber vorsichtig sein", sagte Joan und brach die Pille in der Mitte entzwei, um dann eine der Hälften runterzuschlucken. „Ich nehme die andere!", rief Kevin und riss ihr den Rest aus der Hand. „Na, das kann ja noch heiter werden", dachte sich Jens kopfschüttelnd, der völlig abstinent lebte, seit er sich damals der Straight-Edge Bewegung angeschlossen hatte.

„Also mir ist dieses ganze Chemiezeug zuwider, ich würde mir lieber eine fette Tüte reinziehen", murrte Maria. Kaum hatte sie ihren Wunsch ausgesprochen, flogen etliche längliche, weiße Gegenstände an ihr vorbei. „Ich werde verrückt, sollten das etwa"… , kreischte sie völlig erregt und griff sich eines der Flugobjekte. Das kann nicht wahr sein, wo sind wir hier „gelandet"?", schrie Maria euphorisch, zündete sich den Joint an und inhalierte einige tiefe Züge. „Blase den Rauch gefälligst woanders hin, ich will mit euren Drogen nichts zu tun haben", knurrte Jens. „Wenn es hier wenigstens einen Veganerladen geben würde", dachte er und ließ seinen Blick auf die Umgebung schweifen, hoffend, dass auch seine Bedürfnisse endlich befriedigt würden. Doch wohin er auch sah, nichts deutete darauf hin.

„Das ist ja alles schön und gut, aber wann wird denn endlich mein Wunsch erfüllt?", fragte John etwas genervt. Sekunden, nachdem er die Frage gestellt hatte, weiteten sich seine Augen vor Erstaunen. Vor ihm lag eine große, aus Spiegelglas bestehende, Fläche, auf denen sich lange weiße Spuren dahinzogen. Praktischerweise wuchsen in der Nähe Schilfrohr ähnelnden Pflanzen, von denen John einen Stängel abbrach und schniefte vorsichtig etwas von der vorderen Spur auf. „Ich fasse es nicht, was ist das nur für eine abgefahrene Gegend!", schrie er freudig und setzte erneut an, diesmal das andere Nasenloch gebrauchend.

„Warum bin ich nur mitgekommen?", fragte sich Jens. Die dröhnen sich hier alle nur mit Drogen voll und ich kann dabei zusehen. Es begann alles mit drei Affen, denen sie gefolgt waren, wodurch die Gruppe diesen Weg durch den Berg entdeckt hatten, der in dieses Wunderland führte. Wunderland, das galt aber nur aus der Sichtweise seiner Freunde. Jens bekam zunehmend schlechtere Laune. Er sah den koksenden John einige Sekunden zu, blickte dann hinter sich, wo Maria völlig bekifft unter einem Baum lag, während Joan mit Kevin durch die Gegend tanzte. Celia lag immer noch auf den Boden und gestikulierte wild mit ausgestreckten Zeigefingern, die zum Himmel zeigten, um sich anschließend wieder Lachanfällen hinzugeben. Kopfschüttelnd und verständnislos, ob des exzessiven Verhaltens der Freunde, setzte er seinen Weg alleine fort, darauf hoffend, dass dieses Land auch etwas Brauchbares für ihn abwarf.

Am Fuße des Gebirges angelangt, richtete Jens seinen Blick nach oben und bemerkte verwundert, dass sich auf der Spitze ein Gebäude befand. Da öffnete sich plötzlich der Berg und gab eine steile Treppe frei. Was hatte das zu bedeuten? Unentschlossen starrte er auf die Stufen, dann zurück zu seinen Gefährten, die aber alle völlig zugedröhnt, mit ihren Leckereien beschäftigt waren und ihn keines Blickes würdigten.

In seinem Inneren kämpften zwiespältige, konträre Emotionen. Einerseits war er sehr begierig drauf zu erfahren, was ihn dort oben erwartete, aber zum anderen fragte er sich, ob er seine Freunde alleine lassen sollte, hatte er nicht die Verantwortung oder gar Pflicht auf sie zu achten, damit sie es mit dem Konsum nicht übertrieben oder im extremsten Fall gar in ein Delirium fielen? Schnelle Bewertung der Situation war zwingend notwendig, doch die gegensätzlichen Gefühle hatten einen Konflikt in ihm ausgelöst, blockierten logisches Denken und verhinderten so eine rasche Entscheidung. Unentschlossen und zögernd stand er minutenlang vor der Treppe. Schließlich siegte letztendlich doch die Neugierde in ihm und Jens entschloss sich zu dem Aufstieg in das Ungewisse. Vielleicht würde ihn dort oben ja das Geheimnis dieses Wunderlandes offenbart werden, was letztendlich das Argument für seine Entscheidung war.

Jene Stimme, die sie vorhin gehört hatten, kam vom Gipfel des Gebirges und er war absolut davon überzeugt, dass ihn die, äußerst steile und aus etlichen Windungen bestehende, Treppe zu dessen Besitzer „führen" würde. Mühsam erklomm er die Stufen. Als dann nur noch wenige vor ihm lagen, sah Jens plötzlich einen seltsamen Lichtschein am Ende des Geländers. Misstrauisch stoppte er den Aufstieg und ließ seinen Blick nach oben schweifen, konnte aber keinerlei Bewegungen erkennen. Doch irgendjemand hält sich dort auf, da bin ich mir ganz sicher, murmelte er im Zwiegespräch mit sich und ging vorsichtig, dabei sehr darauf bedacht möglichst Geräusche zu vermeiden, weiter.

Jens! Jens, komm zu mir, erklang plötzlich eine melodische, flüsternde, tiefe Stimme, sehr verlockend und die Neugierde in ihm steigernd. Sie war identisch mit der, die vor einigen Minuten Joan gewarnt hatte. Er nahm nun seinen ganzen Mut zusammen und eilte die letzten Stufen hinauf. Da kamen plötzlich drei kleine Gestalten die Treppe hochgelaufen. Jens vermutete zunächst es seien Kinder, doch als sie ihn erreichten, erkannte er verblüfft die drei Affen, denen die Gruppe hierher gefolgt waren. Sie begannen ganz aufgeregt an seinen Ärmeln zu ziehen und gaben laute schnatternde Geräusche von sich, so als ob sie ihm dringend etwas mitteilen wollten, doch konnte er deren tierischer Artikulation leider nicht verstehen. Die Primaten ließen sich aber nicht abschütteln und hörten auch nicht auf ihn weiter zu beschwatzen. Da überkam ihm plötzlich die Erkenntnis, dass sie ihn warnen wollten und er beschloss vorsichtig zu sein. Kurze Zeit später erreichte er das Ende der Treppe, die zu einem Raum mit offenstehender Tür führte, in dem sich offenbar die Quelle des undefinierbaren Lichtscheins befand. Schlagartig ließen die Affen von ihm ab und liefen wieder nach unten.

Als er eintrat, staunte er nicht schlecht, und das war angesichts der Erlebnisse seit dem Betreten des Wunderlandes schon sehr bemerkenswert. Alles Mögliche hatte er erwartet aber nicht das!

Jens befand sich nun in einen imposanten Saal, an dessen Wänden mehrere riesige, strahlende Monitore aus einem ihm unbekannten Material, auf denen einzelne Abschnitte des Wunderlandes zu sehen waren, hingen. Als er genauer auf einen der äußeren Bildschirme starrte, erkannte er den Whiskytümpel, allerdings war von Ronny nichts zu sehen, stattdessen saß am Ufer ein etwas übergewichtiger, traurig dreinblickender Affe, dessen Gesicht Jens seltsamerweise irgendwie bekannt vorkam. Er ließ seinen Blick auf die anderen Bildschirme schweifen und bemerkte auch dort überall

Affen, von seinen Freunden hingegen war nicht das geringste zu sehen. Sie schienen sich in Luft aufgelöst zu haben.

Plötzlich schälte sich aus dem Ende des Raumes ganz langsam eine Silhouette heraus, zunächst nur schemenhaft und sehr undeutlich, aber nach wenigen Sekunden konnte er eine hünenhafte, mit schwarzen Mantel, der fast bis zum Boden reichte, bekleidete Gestalt erkennen, die sich ihm langsam näherte. Das Gesicht des Unbekannten war alt, umrahmt von langen grauen Haaren, die weit über die Schultern hingen. Ein langer, gepflegter, schlohweißer Zwirbelbart, der an der Bauchgegend endete, zierte das Kinn des Mannes. Seine Physiognomie erinnerte ihn an Gestalten aus alten Grusel- und Horrorfilmen. Als er in die dunklen Augen blickte, erschauerte er, denn der kalte, stechenden Blick strömte eine Aura des Grauens aus, was in ihm instinktiv eine heftige Aversion auslöste und seinen Verstand zur Vorsicht mahnte. Der mysteriöse Unbekannte öffnete nun seinen Mund, wobei erstaunlich weiße, lange Zähne entblößt wurden, und die ihm bekannte Stimme erklang: „In euren alten Schriften, die ihr Märchen nennt, beschriebt ihr eine Welt, in der Milch und Honig fließen und wo den Menschen jeder Wunsch erfüllt wird. Eine fiktive, utopische Welt, dachtet ihr, aber die Erzählungen beriefen sich auf Wahrheit. Sie wurde im Laufe der Jahrhunderte ständig modifiziert und auch die Hüter wechselten."

„Was ist mit meinen Freunden passiert?", fragte Jens, dem mehr und mehr ein beklemmendes Angstgefühl beschlich, denn durch die Anwesenheit der Gestalt hatte sich die, vorher eher neutrale, Atmosphäre des Raumes zu einer düsteren, beklemmenden gewandelt.

„Deine Freunde … Waren sie es denn jemals? Erinnere dich zurück an eure kurze Reise durch dieses Land. Sie waren doch nur egoistisch darauf bedacht ihre eigenen Bedürfnisse zu befriedigen, du warst ihnen völlig egal. Doch von mir bekommst du alles, was du dir jemals in deinem Leben erträumt hast", sprach der Alte, mit verlockender sanfter Stimme."

„Ich will aber nichts von dir, mein einziger Wunsch ist es, zusammen mit meinen Freunden wieder von hier zu verschwinden."

Ach, hätten sie diese Studienreise doch nie angetreten. Man hatte sie ausdrücklich gewarnt, dass einige Territorien dieses Tropenwaldes tatsächlich noch unerforscht waren und in der Vergangenheit einige Menschen spurlos verschwunden waren, zuletzt drei Studenten. Aber die gesamte Gruppe hatte dies alles ignoriert, es für Mythen oder Legenden gehalten.

Jäh wurde er aus seinen Gedanken gerissen, da der unheimliche Greis anfing zu lachen. Nachdem der Alte seine Heiterkeit überwunden hatte, antwortet er mit einem leicht spöttischen Unterton in seiner Stimme: „Das ist so ziemlich der einzige Wunsch, der von mir nicht erfüllt werden kann. Ich biete dir stattdessen einen, wie bezeichnet ihr es noch bei euch: „Deal?" an. Deine Freunde dürfen gehen, aber du wirst Platz an meiner Seite einnehmen und somit einmal der neue Schlarr des Affenlandes werden, wenn der Tod mich ereilt. Das ist doch ein akzeptables Angebot."

Einen Platz an seiner Seite? Jens fühlte sich zunehmend unwohler. Erinnerungen aus Kindheitstagen kamen in ihm auf. Von Märchen, in denen irgendwelche Menschen einen Handel mit den Teufel oder anderen bösartigen Kreaturen eingegangen waren, weil diese es verstanden, vorhandene, unrealistische euphorische Wunschvorstellungen aus dem Unterbewusstsein zu erwecken, und die Gedanken und den Verstand völlig indoktrinieren konnten. Der Preis dafür war oftmals ihre Seele oder etwas das die Menschen liebten, wie zum Beispiel ihr Kind.

Nein!, schrie er! Niemals, mein einziger Wunsch ist es mit meinen Freunden gemeinsam von hier zu verschwinden, es wird dir nicht gelingen, meine Seele mit deinem Hass zu infiltrieren. Sie würden immer zu mir halten.

Der Alte verzog angewidert seine Mundwinkel und sprach mit eisiger Stimme, aus der jetzt ein sehr bedrohlicher Unterton mitschwang: „Wenn das deine Entscheidung ist." …

Mit grimmigem Gesicht schritt er auf Jens zu, seine Finger krümmten sich, die Nägel glichen langen Krallen. Der stechende, hypnotische Blick des Schlarrs ließ ihn erschauern. Jens stand ob der Angst seinen Kontrahenten fast wie gelähmt gegenüber. Da geschah etwas völlig Unerwartetes: Sechs Affen stürmten die Treppe hoch und stürzten sich auf den Alten, bissen in Hals, Armen und Beinen des Schlarrs.

Fluchend versuchte er, sie abzuschütteln, doch die scharfen Zähne eines der Primaten hatten sich in seine Aorta gebohrt und er sank röchelnd zu Boden.

Jens sah, wie die eben noch bedrohliche Gestalt zerfiel, der Körper zu Asche wurde, währenddessen bei den Affen eine Verwandlung einsetzte. Binnen Sekunden wurden aus ihnen seine Freunde. Glücklich rannten sie auf Jens zu und umarmten ihn, der Drogenrausch war wundersamerweise bei allen abgeklungen. Doch die Freude währte nur kurz und wich Panik, denn als die Clique auf die Monitore blickte, erschraken sie: Die wunderschöne Landschaft war nicht mehr wieder zu erkennen! Der eben noch strahlend blaue Himmel verdunkelte sich binnen Sekunden, die Farbe des Whiskytümpels wechselte von braun zu pechschwarz und auch auf den übrigen Monitoren konnten sie eine rasant schnelle Verwandlung des einst so farbenfrohen Wunderlandes beobachten.

„Raus, schnell raus hier!", schrie John, als ein Beben einsetzte und Putz von der Decke rieselte. Eilig stürmten sie die Treppe runter, um unten angekommen, nach kurzer Orientierung, dann in Richtung des Berges zu laufen, wo sich der Ausgang befand. Während ihrer panischen Flucht, bemerkten sie, dass sich ein mächtiger Orkan bildete, es regnete in Strömen und plötzlich bildete sich durch die Urgewalt des Wetterphänomens eine Flutwelle, denn sämtliche Gewässer des Wunderlandes traten nahezu zeitgleich über die Ufer. Alle rannten um ihr Leben und als sie die Schlucht erreichten, durch der sie Stunden zuvor in diese, jetzt sehr ungemütliche Gegend, gelangt waren, blickte die Gruppe nur noch nach vorne, denn hinter ihnen fielen große Felsbrocken von der Gebirgsspitze.

Nach einiger Zeit sahen sie Licht und gelangten wieder in den Regenwald, genau an der Stelle, wo sie den drei Affen damals gefolgt waren. Erschöpft fielen sie auf den Boden und schnauften. Kevin, der sich als erster wieder einigermaßen regeneriert hatte, sagte mit schnaufender Stimme, dabei die anderen ungläubig anstarrend: „Haben wir das wirklich alles erlebt oder war das nur ein schlechter Traum?" „Und wo ist Jens?", fragte Joan. Hm, ich habe ihn das letzte Mal dort oben in dem Raum gesehen, kurz bevor wir geflüchtet sind. Scheiße, dann hat er es wohl nicht geschafft, antwortete ihr eine traurige Celia.

Etwa ein Jahr nach diesen Geschehnissen wanderte erneut ein Team durch den Regenwald. Irgendwann im Laufe ihrer Reise stießen sie auf drei, aufgeregt schnatternde Affen, die ihnen scheinbar etwas zeigen wollten. Sie folgten den Primaten und gelangten so zum Eingang einer Schlucht, in der die Affen hineinliefen. Die Gruppe eilte ihnen nach und kam so, wie schon vor einigen Monaten zuvor Jens und seine Freunde in ein strahlendes Land mit üppiger Vegetation, das komplett von Gebirgen umschlossen war.

Dort hingen vegane Schnitzel und andere, rein pflanzliche, Delikatessen an Bäumen. Auf dem Boden standen Schüsseln mit diversen frischen Salaten und da die meisten von ihnen Veganer oder zumindest Vegetarier waren, freuten sie sich darüber, dass ihre Bedürfnisse befriedigt wurden.

Nur Jaqueline war äußerst missmutig. „Die bekommen alles, was sie sich wünschen, aber ein neues I-Phone, Goldschmuck oder schicke Designerkleidung scheint es hier nicht zu geben“, murrte sie und ging ohne die anderen weiter. Als sie ein Gebirge erreichte, hörte sie eine flüsternde Stimme: „Jaqueline! Jaqueline, komm zu mir!“ Verwundert sah sich die junge Frau um, entdeckte eine Öffnung im Berg, hinter der sich ein Treppengeländer befand, und begann nach oben zu steigen.

Der Garten des Todes

Die Zeit nahte, sein Magen knurrte unablässig und so schlich er, im Schutz der lang gezogenen Schatten umliegender Bäume, bei jetzt aufkommenden Nebelschwaden, hin zu dem Ort, wo damals alles begann. Eine Nacht, die seinen bisherigen Lebensrhythmus total verändert hatte. Der Appetit und unablässige Gier auf die für ihn neuartige Mahlzeit stieg täglich mehr an und sein einstiger Speiseplan war nun völlig umgestellt. Trägheit ergriff tagsüber von ihm Besitz. Die Jagdgewohnheiten hatten sich nach jenem Abend, als sie ihm zum ersten Mal das leckere Futter hinwarf, stark reduziert. Seitdem besuchte er jede Nacht die Gartenkolonie, welche von seinen Artgenossen weitestgehend gemieden wurde, weil die Pächter letztes Jahr einen ihrer Verwandten getötet und anschließend dessen Kadaver zur Abschreckung auf einem Pfahl gespießt hatten.

Eigentlich misstraute er der grausamen Spezies ebenso, aber diese Frau erschien anders, aus für ihn unempfindlichen Gründen servierte sie ihm jede Nacht ein köstliches Dinner, dessen Geschmack einzigartig war und keinen Vergleich mit seinen üblichen Mahlzeiten standhielt. Jetzt hatte er fast das Grundstück seiner Mäzenin erreicht, die sensiblen Ohren nahmen den Klang ihrer Schritte auf und in seiner feinen Nase drang das Aroma des rohen, blutigen Fleisches. Sabber tropfte aus den Mundwinkeln des hungrigen Nachtschwärmers, als sein lang gezogener schlanker Rumpf sich geschmeidig durch die Hecke zwängte. Er konnte nun schon ihre Konturen erkennen, die Strahlen des vollen Mondes erleuchteten das Antlitz der Frau.

Irre grinsend beglückwünschte sie sich, wie auch schon in den Nächten davor, zu der genialen Idee, die ihrem morbiden Gehirn entsprang, nachdem man ihr von den toten Hühnern erzählte, wobei jemand beiläufig bemerkte, dass sie Allesfresser seien. Ein Hinweis, der letztendlich den Ausschlag gab. Welch simple Lösung ihres Problems, auch wenn sie dafür den strengen Geruch seines Sekrets ertragen musste.

„Komm! Komm mein Liebling, komm! Es ist angerichtet. Mutti hat wieder eine leckere Delikatesse für dich", flüsterte sie mit eindringlichem, lockenden Tonfall, wissend dass er sich ganz in ihrer Nähe befand, denn vor einigen Sekunden vernahmen ihre Ohren leises Rascheln aus Richtung der Hecke. Doch was war das? Vom anderen Ende des pflanzlichen Zauns erklangen ähnliche Geräusche. Sollte sich etwa noch ein zweiter dieser nachtaktiven Karnivoren hier aufhalten? Das wäre natürlich optimal. Nun hatte die Frau den Vierbeiner entdeckt. Er stand im Abstand von einigen Metern vor ihr und seine dunklen Augen starrten begierig und erwartungsvoll auf das blutige Stück Fleisch in ihren Händen. Just in dem Moment, als sie das Futter hinwarf, stürmte plötzlich ein Artgenosse von ihm aus dem Gebüsch.

Eilig lief die Frau in ihre Gartenlaube, öffnete die Klappe zum Keller und stieg die Leiter hinunter. Unten angekommen, griff sie nach dem frisch geschliffenen Schlachtermesser, um ein weiteres Stück aus dem Oberschenkel des toten Mannes herauszuschneiden. Als die Frau zurückkehrte, sah sie, dass ihr Liebling mit seinen Kontrahenten noch immer um das Abendmahl kämpfte. Doch nachdem sie den beiden das frische Stück Fleisch hingeworfen hatte, war der Streit schnell beendet und die grünen leuchtenden Augen blitzten erfreut im Nebel der Nacht auf. Wunderbar, mehr Glück konnte sie gar nicht haben. Ein zweiter Nachtschwärmer, der ihr bei der Entsorgung des Fleisches half, für die Knochen besaß sie eine alte, mit Säure gefüllte, Badewanne.

Zuerst nur überrascht und verärgert, als er seinen Kontrahenten erblickte, stieg jetzt Zorn in ihm auf. Das war hier sein Revier und er war nicht gewillt das Fleisch mit jemandem zu teilen. Nach kurzen gegenseitigen Drohgebärden, die aus bleckenden Zähnen und tiefem Knurren bestanden, begann der Kampf, bei dem es, neben dem Futter, auch um die Vorherrschaft in der Gartenkolonie ging. Gerade als der Streit an Intensität zunahm, klatschte etwas in unmittelbarer Nähe auf den Boden. Ein weiterer Brocken des schmackhaften, leckeren Futters. Er überließ es nach kurzem Zögern seinen Artgenossen, denn mittlerweile hatte der „Gourmet" registriert, dass es ein Weibchen war, wodurch der Futterneid anderen Instinkten wich.

Die Frau sah den beiden zu und plötzlich kamen wieder die Erinnerungen hoch. Der Mann besaß starke Ähnlichkeit mit dem Peiniger aus ihrer Jugend, was das Motiv für ihre Handlungen darstellte. Wohl wissend, dass jener nicht das Geringste mit dem traumatischen Ereignis zu tun hatte, denn der Täter befand sich immer noch im Gefängnis, löste sein Anblick damals doch Hass in ihr auf, weil die nicht verarbeiteten, belastenden Episoden aus der Vergangenheit in ihr wieder aufwallten und somit schlecht vernarbte Wunden der Seele aufrissen. Eine Flut von negativen Emotionen, so stark und heftig wie eine Tsunamiwelle, stieg aus ihrem Unterbewusstsein empor, die sämtliche andere, darunter auch glückliche, Erinnerungen des Gedächtnisses hinweg spülte und ihren kompletten Denkprozess dominierte.

Dass die gepachtete Gartenlaube unterkellert war, verwunderte sie damals, denn dies war mehr als ungewöhnlich, aber eignete sich hervorragend für ihre Pläne, denn dort unten hatte sie nun eine ganz spezielle Werkstatt eingerichtet.

Es war, dank ihres Charmes und fast perfekten Körpers, sehr einfach gewesen, den Mann zu überreden. Sie pries ihren Schrebergarten als Ort der Idylle an und nichts ahnend, nur seiner Begierde nachgehend, deren Opfer er dann schlussendlich wurde, begleitet er sie. Ein Glas Sekt stellte das letzte Getränk in seinem Leben dar. Ja, es war alles so simpel, völlig unkompliziert und es blieb nicht nur bei diesem Mann. In Abständen von einigen Wochen hatte sich das Szenario in ähnlicher Form wiederholt. Das waren jetzt schon die Überreste des Dritten und ihr war bewusst, dass es noch lange nicht zu Ende war, vielleicht erst endete wenn sie ...

Nicht nur sein Appetit war heute befriedigt worden, er hatte zudem auch noch eine Gefährtin gefunden. Gut, nun würde er die delikaten Mahlzeiten zukünftig teilen müssen, aber das stellte kein Problem dar, seine Sponsorin schien genug davon zu besitzen. Zufrieden und satt schlich er sich zusammen mit seiner Begleiterin fort.

„Wie gewandt die beiden sind, ein Mensch würde arge Probleme haben, sich durch die Hecke zu zwängen", dachte sie. Regungslos verharrte sie noch einige Minuten, starrte geistesabwesend in die Dunkelheit, dann ging sie zurück in Richtung Gartenlaube. Als ihre Hand den Türgriff berührte, hielt sie kurz inne. Waren irgendwo in der Nähe nicht eben Schritte erklungen? Gestern Abend hatte sie schon einmal für einen kurzen Moment den Eindruck gehabt, von jemandem beobachtet worden zu sein. Sie blickte sich um, doch die Gartenkolonie war groß, es gab hier zahlreiche Verstecke, außerdem war durch den immer dichter wallenden Nebel jetzt kaum noch etwas zu erkennen. „Vielleicht spielt mir mein Verstand auch Streiche, wahrscheinlich aufkommende Paranoia oder Ähnliches", schlussfolgerte sie.

Am nächsten Morgen bestätigte sich allerdings ihr Verdacht, denn als sie den Briefkasten öffnete, fand sie dort einen unbeschrifteten Umschlag. Beim Öffnen der ungewöhnlichen Post beschlich sie ein unangenehmes Gefühl, ahnend, dass Ärger auf sie zukam. Und sie hatte sich nicht getäuscht, der Text war eindeutig:

Ich weiß, was in deinem Garten vor sich geht, aber ich werde das Geheimnis hüten, allerdings hat dies seinen Preis. Ich schlage vor, dass wir uns heute Nacht um zwei Uhr in deiner Gartenlaube treffen und lass dir keine Dummheiten einfallen, sonst ...!

Nachdenklich starrte sie auf den Brief und las ihn mehrmals durch. Die Message war eindeutig. Also hatte sie sich letzte Nacht doch nicht geirrt. Irgendjemand hatte das nächtliche

Treiben beobachtet und der Voyeur benutzte sein Wissen für Nötigungen oder Erpressungen. Sollte es ein Mann sein, so war ihr klar, was er fordern würde, aber der Bastard sollte sich wundern. Allerdings musste sie sehr achtsam sein und vor allem genau überlegen, wie man ihm entgegentreten könnte, denn wenn der ungebetene Zaungast alles mitbekommen hatte, schien es sich nicht gerade um einen furchtsamen Charakter zu handeln. Aber wenn nun eine Frau den Brief verfasst hatte? Was für Forderungen könnte sie stellen? „Ach, was mache ich mir darüber Gedanken, die Lösung meines Problems wird dieselbe sein: Tod!", beschloss sie und begann für das nächtliche Treffen zu planen.

Seine neue Gefährtin spürte die aufkommende Unruhe in ihm und gemeinsam begaben sie sich auf den Weg zur Gartenkolonie. Die Mägen der beiden knurrten laut, denn seit der letzten Nacht hatten sie kaum etwas gegessen, stattdessen ausgiebig ihre Triebe befriedigt. Als das Pärchen die Hecke erreichte, sahen sie einen fremden Menschen im Garten ihrer Wohltäterin. Was hatte das zu bedeuten? Argwohn bemächtigte sich seiner. Der männliche Marder hatte zwar eine Art Vertrauen zu der Frau gefasst, aber gegenüber anderen Menschen hegte er immer noch Furcht und Abscheu. Sie mussten sehr vorsichtig sein, denn er hatte verständlicherweise nicht die geringste Lust wie sein aufgespießter Artgenosse zu enden.

Es war zwölf Minuten vor zwei, als die Frau das Tor zur Gartenkolonie öffnete, gleichzeitig beobachtete sie dabei intensiv die Umgebung. Der Strahl ihrer Taschenlampe glitt über den Weg, der zu dem Schrebergarten führte, jedoch erfasste er dort, außer die vom Wind geschaukelten Äste einiger Bäume, keinerlei Bewegungen. Wer war dieser oder diese anonyme Schreiber(in) und aus welcher Richtung würde er kommen? „Hoffentlich ist der Typ nicht schon im Garten, ich muss äußerst achtsam zu Werke gehen", ermahnte sie sich und verlangsamte ihre Schritte. Jetzt waren es nur noch wenige Meter, der ekelerregende Gestank von Mardersekret drang in die Nase ein, wodurch sich kurzzeitig ihre Mundwinkel verzogen. „Daran werde ich mich nie gewöhnen, aber egal, er war mir bisher ein guter Gehilfe und jetzt sind es sogar deren zwei". Am Ziel angekommen, leuchtete sie sorgfältig das Grundstück ab, entdeckte aber weder den Erpresser noch ihre vierbeinigen Freunde. Eine Minute stand die Frau regungslos in dem Garten und ließ erneut den Strahl der Taschenlampe über die Wege und angrenzenden Grundstücke gleiten, aber sie konnte nichts ungewöhnliches feststellen.

Seltsamerweise waren die Marder noch nicht erschienen, was ihr etwas merkwürdig vor kam, denn die Fütterungszeit nahte, und eigentlich müsste das Pärchen sich schon im Garten befinden. Etwas unschlüssig wartete die Frau noch einige Sekunden auf ihre Gäste, wobei ihre Ohren vergeblich versuchten, aus dem pfeifenden Herbstwind etwaige Geräusche herauszufiltern, dann ging sie zielstrebig Richtung Gartenlaube, um das Schlachtermesser aus dem Keller zu holen.

Kurz nachdem sie den kärglich eingerichteten Raum betrat, spürte die Marderfreundin, dass Gefahr drohte, doch war es da für eine schnelle Reaktion schon zu spät. Die Tür schlug zu und im selben Augenblick presste jemand seine Hand auf ihren Mund. Zeitgleich spürte sie kalten, scharfen Stahl an der Kehle. So scharf, dass etwas Blut auf den Boden tropfte, da der jetzige Besitzer ihres Schlachtermesser, wohl aufgrund innerer Anspannung, etwas unvorsichtig agierte. „Wenn du schreist, werden deine vierbeinigen Freunde nie wieder von dir gefüttert werden. Versprich mir, dass du ruhig bleibst, dann können wir reden", flüsterte ihr eine Frau in das Ohr. Sie nickte, innerlich fluchend ob ihres Leichtsinns, denn die Gartenlaube hatte sie vor dem Betreten nicht abgeleuchtet, worauf die Unbekannte ihre Hand zurückzog und langsam das Schlachtermesser von der Kehle entfernte.

Das Marderpärchen traute sich immer noch nicht den Garten zu betreten, aber letztendlich trieb sie der Hunger dann doch an. Der Rüde zwängte sich durch die Hecke und schlich langsam hin zu der Gartenlaube, die seine Ernährerin vor einigen Minuten betreten hatte. Seine Gefährtin folgte ihm zögerlich und so harrten sie vor dem Gebäude aus, begierig darauf wartend, dass die Frau endlich mit der nächtlichen Fütterung begann.

Mit den Handrücken wischte sie das Blut von ihrem Hals ab und blickte hinter sich, wo eine schwarz gekleidete Frau, deren Gesicht eine Skimaske bedeckte, stand. „War das notwendig? Was willst du von mir? Geld? Da muss ich dich leider enttäuschen."„Entschuldige, ich war etwas nervös und befürchtete, dass du schreien würdest. Nein, wenn Geld mein Wunsch wäre, so hätte ich dir das schon in dem Brief mitgeteilt. Ich habe dich in den vergangenen Nächten beobachtet und dabei kam mir eine Idee."

Die Marderfreundin blickte nun erstaunt und neugierig in die Augen der fremden Frau und sagte dann: "Eine Idee? Was für eine Idee denn?" „Ich dachte, du könntest mir als Gegenleistung für mein Schweigen behilflich sein." „Du benötigst Hilfe? Wobei?" „Nun, deine Marder sind doch recht hungrige Tiere und ich würde sie auch gerne mit dem speziellen Futter sponsern." Jetzt wich bei der Pächterin des Gartens die Neugierde und stattdessen machten sich Überraschung und Verblüffung in ihr breit. Mit weit aufgerissenen Augen und offenem Mund sah sie, sichtlich konsterniert, der Frau in die Augen und sagte dann nach einigen Sekunden, in der sie ihre Fassung wiedererlangte, mit einem kalten Lächeln im Gesicht: „So, so, du hast also auch etwas zu entsorgen und weißt nicht wohin damit?"

„Exakt, mein Ehemann ist vor drei Tagen spurlos verschwunden und ich habe so eine vage Zukunftsvision, dass man ihn leider nicht wieder auffinden wird." Sie blickte in das vermummte Gesicht der Frau und erwiderte dann grinsend: „Verstehe, ich denke, das sollte sich regeln lassen, sicherlich hast du meine Utensilien schon inspiziert, oder?" Ja, das scheint mir hier die ideale Entsorgungsstation für lästige Gatten zu sein, sagte die andere lachend. „Die ist mindestens genauso verrückt wie ich, trotzdem sollte ich sie lieber zum Schweigen bringen. Wer wohl hinter der Maske steckt? Muss ja irgendeine Tante aus der Gartenkolonie sein, denn Fremde treiben sich hier nachts bestimmt nicht herum", dachte die Marderfreundin. „Ich schlage vor, du fütterst erst mal deinen Liebling und danach transportieren wir meinen Ehemann hierher, verpackt habe ich ihn schon", schlug die Maskierte vor.

„Genau, so machen wir es", antwortete die Pächterin des Todesgartens und dachte: „Vielleicht sollte ich dich gleich mit verfüttern, das erspart mir Arbeit und Ärger." „Aber stecke doch bitte das Messer wieder ein, es macht mich nervös." Nach kurzem Zögern zog die andere das Messer zurück, was die Marderfreundin ausnutze, indem sie die Hand der anderen ergriff, um an deren Waffe zu gelangen. Rangeln um das Messer begann, das zu wilden Kampf, mit Fußtritten und Faustschlägen ausartete. Beiden Frauen war klar, dass die Verliererin sterben würde. Ein gezielter Tritt in den Unterleib ließ die Maskierte taumeln und nach hinten fallen, wo sie mit den Rücken gegen den Rand, der mit Säure gefüllten, Badewanne stieß. Wutschreie, rasender Zorn und eine Messerklinge, die tief in Fleisch eindrang, waren die Folge. Die Tierliebhaberin lag jetzt blutend auf dem Boden, doch als ihre tobsüchtige Kontrahentin sich anschickte, dem Kampf ein Ende zu bereiten, spürte sie zwei Bisse in ihren Beinen, wodurch sie erneut das Gleichgewicht verlor und in die Wanne stürzte. Ein letzter Schrei, danach herrschte Stille in der, den Tod und Wahnsinn beherbergenden, Gartenlaube.

Die beiden Marder näherten sich jetzt vorsichtig ihrer sterbenden menschlichen Freundin. Die Killerin hob mühsam den Kopf hoch und sah in deren dunkle Augenpaare. Dort tauchten plötzlich, (Es erschien ihr so, dass die Marderaugen, durch unsichtbare Leitungen mit ihren Gehirn verbunden, als Monitore oder Leinwände dienten), Bilder ihres von Qualen, Hass, Furcht und Gewalt geprägten Lebens auf. Einzelne grauenhafte, verdrängte Episoden der Vergangenheit, die in Sekundenschnelle vorbeizogen, dann breitete sich Erlösung in ihr aus!

Fünf Tage später wunderten sich mehrere Pächter der Gartenkolonie über den widerlichen Gestank, der aus einer Laube kam. Einem war aufgefallen, dass die Tür schon seit Tagen aufstand, was ihnen merkwürdig vorkam und schließlich veranlasste dort nachzusehen. Das, was sie in der Gartenlaube vorfanden, ließ ihr Blut in den Adern erfrieren.

Seit dem Tod ihrer Sponsorin waren nun Tage vergangen. Sie hatten im Keller den Geruch des Fleisches wahrgenommen und wussten nun, mit was man sie gefüttert hatte. Leider waren nach drei Tagen die Überreste des Mannes von ihnen vertilgt, doch der Appetit auf menschliches Fleisch blieb, sodass sie sich an dem ihrer toten menschlichen Gönnerin bedienten. Aber eines Abends war alles völlig verändert. Merkwürdige orange-weiße Bänder hingen am Eingang des Gartens und in der Gartenlaube. Auf dem Boden befanden sich viele menschliche Fußspuren und ihr Fleischdepot war leer geräumt.

Die Gartenmorde, wie sie von der Bevölkerung der Stadt bezeichnet wurden, beschäftigten noch mehrere Wochen die zuständige Mordkommission, ebenso wie der Fund des toten Mannes, den man mit aufgeschlitzter Kehle, gut verpackt in einen Müllsack, auf dem Grundstück des angrenzenden Schrebergartens fand. Aber letztendlich konnten die Beamten die Tatvorgänge fast vollständig rekonstruieren und der Fall war abgeschlossen, so dachten sie jedenfalls. Wochen nach diesen Ereignissen gingen bei dem Polizeirevier Meldungen ein, welche den Beamten Rätsel aufgaben. Einer vermutete, dass Ratten die Verursacher waren, doch sein Kollege widersprach ihm, da es weder in der Gegend um den Friedhof, noch in der des Bestattungsunternehmens, in der Vergangenheit Probleme mit den Nagern gegeben hatte. Dann stellte jemand die These auf, es könnten vielleicht streuende Hunde für die Leichenschändung verantwortlich sein, was zu hitzigen Kontroversen mit Kollegen, die einen der Vierbeiner als Haustier besaßen und der Hypothese energisch widersprachen, führte. Man musste schlussendlich zugeben, dass man keine Erklärung für die Vorfälle hatte, nur Hypothesen aufstellte und vor einem Rätsel stand. Seltsamerweise kam keiner der Beamten auf die Idee, die angefressenen Leichen auf dem Friedhof von einem Zoologen ansehen und analysieren zu lassen. So verging dann fast ein Jahr, in den von verschiedenen Friedhöfen und Bestattern mehrmals die Woche Anrufe eingingen, bis ein Leichenwäscher in der Aufbewahrungshalle den männlichen Marder bei seiner Mahlzeit überraschte, doch dem Raubtier gelang die Flucht. In der darauffolgenden Woche erwischte man aber sowohl ihn als auch seine Gefährtin und die Polizei sah den Fall nach deren Tötung als gelöst an. Die Friedhofsverwaltungen und Leichenbestatter atmeten, ob der fälschlichen Annahme, dass die Toten zukünftig nun unver(z)sehrt blieben, erleichtert auf.

Doch was alle nicht wussten: In einem Bau warteten ungeduldig drei junge, fast ausgewachsene Marder, die man mit ganz speziellem Futter verwöhnt hatte. Knapp zwei Tage genossen sie noch die Reste der letzten Servicelieferung ihrer Eltern, dann machte sich das Trio auf, um seinen Hunger zu stillen.

Herr des Moores

Strahlend blauer, wolkenloser Himmel und weite grüne, ebene Flächen. Immer wenn er hier auf der Wiese lag, die sich auf einen kleinen Hügel befand, wo, laut einer Tafel, vor etlichen Jahrhunderten eine kleine Siedlung gestanden hatte, wurde ihm wieder bewusst, wie schön die Landschaft war.

Er streckte sich in dem fast kniehohen Gras aus und schloss die Augen. Langsam entspannten sich Körper und Geist. Als dann das, ihm so vertraute, innerliche Gefühl der Befreiung aufkam, spürte er, wie seine Seele aus dem Körper schwebte und sich die Perspektive änderte. Urplötzlich bekam er eine völlig andere Sichtweise. Er sah nun die Welt von oben, wie Vögel oder der Pilot eines Flugzeuges. Seltsamerweise bereitete ihn diese Veränderung keine Furcht, im Gegenteil er empfand es als äußerst angenehm. Nur als Kind hatte er sich geängstigt, da er damals mit dieser speziellen Gabe noch nicht umgehen konnte. Grübeleien über die Sinnlosigkeit des Daseins, Einsamkeit, Intoleranz und all jene zahlreichen Dissonanzen der Gesellschaft, die fehlende Liebe ... All das geriet in den Hintergrund, stattdessen fühlte er völlige Entspannung.

Aus der Pilotenperspektive erfasste er weite Flächen, zahllose Felder, umrahmt von, für diese Landschaft, so typischen Knicks, die im Frühling und Sommer als ideale Brutplätze für viele Vogelarten dienten. Er sah Kuhwiesen, eingegrenzt von kleinen Wäldern, an deren Ende sich dann wieder Felder anreihten, herrliche, weite Landschaftstriche, die er immer dann vermisste, wenn er sich mal eine Zeit lang außerhalb der heimischen Gefilde befand. Ja, das Leben konnte so schön sein, wenn ...

Jäh wurde seine Mediation unterbrochen. Da waren sie wieder, die negativen Gedanken, seine Probleme konnte er leider immer nur für kurze Zeit verdrängen.

Die Zeit ... ! Sie lief ihm davon, wie eine Langstreckenläuferin, die sich nun anschickte, zum Schlussspurt anzusetzen. Wenn es nur eine Möglichkeit gäbe, sie zurückzudrehen. Traurige, teilweise emotional schmerzhafte Erinnerungen drangen plötzlich aus seinem Gedächtnis. So viele Momente, Schlüsselszenen des, nun schon fast fünfzigjährigen Lebens, in denen er falsch oder gar nicht agiert hatte. Kopfschüttelnd verdrängte er die Szenarien aus der Vergangenheit wieder, denn es war sinnlos, jetzt noch darüber nachzudenken. Man konnte sie nicht mehr zurückdrehen, obwohl des Öfteren in ihm der Wunsch aufkam, die Fähigkeit zu besitzen. Aber wenn jemand die Macht dazu besäße, was würde es ändern? Durch Abwandlungen der Vergangenheit würde sich die Welt vielleicht sogar in einem noch schlimmeren Zustand befinden, als sie es jetzt eh schon war. Allerdings könnte man auch verhängnisvolle Fehler korrigieren, wobei natürlich immer die Gefahr bestand, dies ausschließlich zu dem eigenen, persönlichen Wohl zu tun, philosophierte er.

Die Zeit ...! Meistens kam es ihm so vor, als ob das Leben in irrsinnigen Tempo ablief, einen Düsenjet oder Intercityzug gleichend. Nur an Tagen wie diesen war alles langsam, bedächtig. Fischer auf Inseln oder Eingeborene in Urwäldern würden sich nie solchen Gedankengängen hingeben, bei ihnen verhinderte der tägliche eingespielte Tagesablauf, der Überlebenskampf, dass deprimierende Empfindungen aufkamen. Er war der festen Meinung, dass die Menschen dort glücklicher waren, weil sie trotz alldem die Fähigkeit besaßen, das Leben zu genießen und sich an der Natur erfreuten. Aber hier, in der zivilisierten Welt, war alles so schnelllebig, selbst bei Todesfällen in der Familie oder im Freundeskreis gab es kaum noch die Möglichkeit sich der Trauer hingeben, da die zwingende Notwendigkeit Formalitäten zu erledigen, dazu kaum Zeit ließ. Alles strikt durch Paragraphen reglementiert und bürokratisiert in unserer ach so schönen, heilen und größtenteils empathielosen Welt, in der es den Menschen kaum noch gelang, von Urlauben, insofern man diese finanzieren konnte, mal abgesehen, dem Alltag zu entfliehen. Die meisten wollten das auch gar nicht, hatte er den Eindruck. Ihm hingegen setzte der Druck, den er in immer stärkerem Ausmaße spürte, schon seit Längerem zu, ohne dass er Lösungen für seine vielen Probleme fand.

Er versuchte, das schöne Gefühl der Entspannung wiederzuerlangen, doch seine Bemühungen waren vergebens. Seufzend stand der Mann auf und sah sich um. Waren dort drüben, in dem Wald, der an einem großen Moor grenzte, nicht eben Bewegungen gewesen? Für einen ganz kurzen Augenblick nur, vermeinte er, etwas Leuchtendes zwischen den Bäumen gesehen zu haben, ähnlich den Reflexionen von Sonnenstrahlen auf weißen Schnee, der in diesen Gefilden nur noch äußerst selten fiel, was vielleicht an dem Klimawandel lag. Er starrte angestrengt in die Richtung, doch standen dort nur alte Buchen, keinerlei Regung war an den herrlichen, warmen windstillen Apriltag zu sichten. Vielleicht eine Spiegelung durch die Sonnenstrahlen oder eine Phantasmagorie, die mein Verstand produziert hat, war seine Erklärung.

„Eigentlich könnte ich das Moor mal wieder aufsuchen, dort bin ich schon seit etlichen Monaten nicht mehr gewesen. Ja, das ist eine gute, Idee, werde ich mir für morgen vornehmen", beschloss er und steuerte, da sein Magen grummelnde Geräusche produzierte, den Weg zu seiner Wohnung an.

Am nächsten Tag wallte dichter Nebel, der andere Menschen wahrscheinlich vom einem Ausflug abgehalten hätte, doch nicht ihn! Nach dem üblichen kleinen Frühstück ging er frühmorgens, mit seiner Taschenlampe „bewaffnet", in Richtung des Moores. Dort angekommen, erfasste der Lichtstrahl seiner Lampe Bewegungen in dem Feuchtgebiet, was Neugierde in ihm erweckte. Ob das vielleicht, hier im Moor heimische, Kreuzottern waren? Wenn man Glück hatte, bekam man sie an warmen Tagen zu Gesicht, aber normalerweise kamen die Reptilien immer erst nach der Nebelauflösung, meistens Mitte des Tages zum Vorschein, um sich von den Strahlen der Sonne erwärmen zu lassen. Plötzlich befürchtete er, dass der Wahnsinn ihn befiel, denn bei dem erneuten Leuchten über die Oberfläche, erfasste der Lichtstrahl sekundenlang erneut mehrere kurze Bewegungen an verschiedenen Stellen des Moores. Das konnten unmöglich Schlangen sein, denn die schemenhaften Konturen hatten eher schon fast das Ausmaß von …

Jäh wurde er aus seinem Gedanken gerissen, da hinter ihm Schritte erklangen, es trieb also noch jemand in morgendlicher Stunde hin zu diesem Sumpf, was Verwunderung in ihm auslöste. Nun, Verwunderung war angesichts dessen, was seine Augen eben zu erblicken vermeinten, vielleicht das verkehrte Wort, eher leichte Überraschung. Die Schritte kamen langsam näher, auch der oder diejenige führte eine Lampe mit sich, deren heller Strahl ihn jetzt mitten in das Gesicht traf.

„Ey, das ist doch dieser Langhaarige aus der Alten Dorfstraße", erklang eine tiefe, mürrische Männerstimme. „Lass ihn in Ruhe, der Mann kann sehen, genau wie wir", antwortete ihm eine Frau. Da der Strahl der Lampe ihn jetzt nicht mehr beleuchtete, konnte er nun die Ankömmlinge betrachten. Es waren die alte Frau Maschinowski und ihr Sohn, die ein kleines Haus am Rande des Moores bewohnten. „Was genau meinen sie damit, mit dem Sehen?", fragte er. „Bei solch dichtem Nebel kommen sie manchmal, einst geopfert für ihn, der weit unten wohnt und früher mehr Macht besaß als in der heutigen, wie nennt ihr jungen Leute sie, digitalisierte Zeit?" „Hör auf, was soll denn dieser Gammler schon darüber wissen?", murrte ihr Sohn. „Ich glaube, da irrst du dich. Du bist ein Narr, immer schon gewesen, ohne jegliche Menschenkenntnis." Dann, wieder zu ihm gewandt, sagte sie: „Auch ich, meine Mutter und einige andere unserer Ahnen hatten Erfahrungen mit diesen Dingen. Pilze, die man im Herbst auf den Wiesen findet, der Stechapfel, Belladonna und das Bilsenkraut mit denen und einigen anderen Zutaten, wir Salbe herstellten. „Aber was hat das alles mit den ..." Er brach seinen Satz ab und starrte wieder auf das Moor, wo jetzt keine Aktivitäten und Silhouetten mehr zu sehen waren.

„Es verstärkt die Sinne. Ich vermute, du hast vorher schon Ähnliches wahrgenommen. Ich habe dich des Öfteren beobachtet und weiß, dass du mindestens eine leichte natürliche Gabe hast. Manche Menschen haben die unwillkürliche Neigung ihr Bewusstsein zu erweitern. Wahrscheinlich besitzt du eine hohe Sensibilität und bist von Natur aus etwas spirituell veranlagt, weswegen du manchmal gewisse Dinge erkennst, die Menschen normalerweise in der Realität nicht wahrnehmen."

Er sah die alte Frau nachdenklich an, blickte in ihre dunklen, tief in den Augenhöhlen liegenden Augen und sagte dann: „Ich verstehe, was sie ausdrücken wollen."

„Ach was, gar nichts versteht er! Der knallt sich nur voll, ohne nachzudenken", mischte sich jetzt wieder ihr Sohn in das Gespräch ein." Jedenfalls ist bei ihm die Zerstörung der Gehirnzellen noch nicht soweit fortgeschritten wie bei dir mit deinen ständigen Korn saufen", kam ein bissiger Seitenhieb von der Alten als Antwort. Mit musterndem Blick, der nun wieder auf sein Gesicht gerichtet war, sagte sie: „Gebe nichts darauf, was mein nichtsnutziger Sohn da von sich gibt". Die Alte starrte jetzt gedankenverloren auf das Moor und flüsterte leise: „Jetzt, wo sie fast entkräftet ist, kann er bald zurückkehren und dann" ... „Wer? Von wem reden Sie?, unterbrach er die alte Frau in ihrem Satz. Abrupt drehte sich die Greisin um, ihre langen, weißen Haare wehten, ob der nun leicht aufkommenden Brise wild umher, was ihr ein etwas hexenartiges Aussehen verlieh. Plötzlich verzog sich ihr altes, von unzähligen tiefen Falten, die Ackerfurchen glichen, durchzogenes Gesicht zu einem fast zornigen Ausdruck, als sie ihn mit scharfer Stimme anfuhr: „Verstelle dich nur nicht, sollte ich mich etwa in dir getäuscht haben und du bist mit ihr im Bunde?" „Mit wem, wovon reden Sie?", fragte er mit verwundertem Gesichtsausdruck. „Ich habe es dir doch gesagt, das ist nur so ein vollgeknallter Hippie, der hat keine Ahnung, du überschätzt ihn maßlos", knurrte jetzt wieder ihr mürrischer Nachkomme. „Vielleicht hast du doch recht. Komm, wir beenden den Ausflug", sagte die Alte, wandte sich von ihm ab und trat gemeinsam mit ihren Sohn den Rückweg zu ihren Häuschen an.

Mit gerunzelter Stirn blickte er den beiden nach. Was waren das für wirre Andeutungen? Wer sollte wiederkommen und wer war die Frau, von der die Alte gesprochen hatte? Dann schüttelte er den Kopf und dachte: „Wahrscheinlich altersbedingte Geisteserkrankung, nur nicht weiter darüber nachdenken, das führt eh zu nichts."

Der Nebel lichtete sich jetzt und von den mysteriösen Erscheinungen war nun nichts mehr zu sehen, wenn es sie denn überhaupt gegeben hatte und nicht irgendwelche Luftspiegelungen, ähnlich denen der bekannten Fata Morgana in Wüstengebieten waren, so seine Vermutung, die er für sich aufstellte, um seine Psyche zu beruhigen.

Einige Minuten später begab er sich auch auf den Heimweg und beschloss, nach dem Mittagessen wieder die Wiese neben dem Wald aufzusuchen, dort wo er am Vortag gechillt hatte.

Am Nachmittag, unmittelbar nach dem Betreten der Wiese richtete sich sein Blick unwillkürlich auf den nahen Wald. Etwas hielt sich dort hinter den Bäumen auf. Seine Augen vermeinten, für den Bruchteil einer Sekunde, wieder die leuchtende Erscheinung vom Vortag wahrgenommen zu haben. Zögernd und unschlüssig stand er auf der Wiese, doch dann siegte sein Bedürfnis nach Entspannung über die Neugierde und er legte sich in das Gras. Als der Naturfreak die Augen schloss, um sich in den meditativen Zustand des gestrigen Tages zu versetzen, erklang plötzlich eine flüsternde Stimme, so leise, dass die Worte völlig unverständlich waren. „Ob das etwa wieder die verrückte Alte mit ihrem mürrischen, versoffenen Sohn ist?", dachte er und riss, nun leicht verärgert bei dem Gedanken, widerwillig die Augen auf, um die Umgebung abzusuchen.

Irgendjemand befand sich in unmittelbarer Nähe. Die grellen, direkt auf seinem Gesicht fallenden Sonnenstrahlen, bereiten ihm zunächst Schwierigkeiten, aber nach Sekunden der Gewöhnung, wobei er die rechte Handfläche als Schirm benutze, indem er sie an die Augenbrauen hielt, normalisierte sich die Optik und das, was seine Sehorgane dann erfassten, erschreckte ihn!

Es war kein Mensch, eher eine Art geisterhafte Erscheinung. Sehr blass, aber dennoch deutlich sichtbar, einen Humanoiden ähnelnd, doch ohne klar erkennbare Körperstrukturen. Lange, strähnige schneeweiße Haare flatterten am Kopf des

Gespenstes, dessen Gesicht das einer uralten Frau, noch wesentlich betagter als Frau Maschinowski, war. Zahllose Falten durchzogen die aschfahle Stirn, die Nase war leicht gebogen und scheinbar knochenlos, kein richtiger Mund, nur zwei kaum erkennbare Striche. Einzig die zwei grünen, hell leuchtenden Augen wichen deutlich vom sonstigen Habitus ab und strahlten paradoxerweise Leben aus.

Nach Sekunden der gegenseitigen Musterung, erfuhr sein eh schon immenses Erstaunen noch eine Steigerung, als der Geist zu ihm sprach:

„Du bist meine letzte Hoffnung! Sie hat es geschafft, mich zu schwächen. Jetzt kann außer dir niemand mehr verhindern, dass der Herr des Moores wieder die Regentschaft seines Reiches geltend macht. Jahrhunderte sind vergangen, seit wir ihn damals besiegten und dazu verdammten tief unten auf dem Grund zu verharren, doch nun hat die Alte bewirkt, dass meine Macht fast komplett beschnitten ist und es muss ein anderer an meiner Stelle treten, jemand der noch unverbraucht ist und die Gabe besitzt."

„Wer oder was bist du?", stammelte er. „Ich bin die, der es oblag, selbst viele Generationen nach Beendigung meines irdischen Daseins noch, zu verhindern, dass er, einst der Herr des Moores genannt, wiederkehrt und du trittst meine Nachfolge, mein Erbe an. Ich werde dir nun meine Kräfte übertragen, die jetzt allerdings schon arg geschwunden sind, doch hast du genug natürliche inne, sodass ich große Hoffnung in dir setze!"

„Aber wie … ?" „Du wirst gleich verstehen, noch habe ich etwas Kraft, um dich zu lehren. Ich werde dir all meine Energie übertragen und Basiswissen von weißer Magie vermitteln. Ob das genügt, damit du im Kampf bestehen kannst, weiß ich nicht, aber du musst, ansonsten sehe ich keine Hoffnung!"

„Kämpfen, ich soll kämpfen??" Mit einem Gesichtsausdruck, der eine Melange aus Verwirrung, Zweifel und Unglauben war, starrte er die Geisterfrau an, die mit aufmunternden und zugleich eindringlichen Tonfall zu ihm sprach: „Habe Vertrauen zu mir und vor allem in deine in dir schlummernden Kräfte. Sie müssen nur erweckt werden, zusammen mit meiner Energie und dem, was ich dir lehren werde, hast du eine gute Chance, den Kampf zu gewinnen!" Dann streckte sie ihren rechten Arm aus und deutete mit ausgestreckten Zeigefinger auf ihm. Bevor er weitere Fragen stellen konnte, trafen ihn Strahlen von unbeschreiblicher Wucht. Die Energie, die in seinem Körper eindrang, sich dort innerhalb weniger Sekunden bis zu den Finger- und Zehenspitzen ausbreitete, seine Muskulatur stärkte, den Rücken straffte und in jegliche Partie seines Körpers floss, verhalf ihm zu immenser Kraft, er fühlte sich so vital wie noch nie zuvor in seinem Leben. Der Vorgang dauerte nur wenige Sekunden, war aber das einschneidendste und intensivste Erlebnis in seinem Dasein. Ungläubig riss er seine Augen auf, wollte schreien, doch die Worte, Laute blieben ihn im Munde stecken. Nachdem der Energietransfer abgeschlossen war, sprach sie zu ihm: „Ich werde dir jetzt einiges Basiswissen vermitteln, unser Problem besteht darin, dass du schnell lernen musst, denn es bleibt dir nicht mehr viel Zeit, ich spüre, dass die Hexe bald ihr Ziel erreichen wird, wenn wir ihr kein Einhalt gebieten." Vor mehr als sechzig Jahren gelang es ihr schon einmal, wenn auch nur für wenige Stunden, aber jetzt bereitet sie alles für seine totale Rückkehr vor.

„Die Hexe? Ist damit die alte Frau mit ihrem versoffenen Sohn, die am Rande des Moores wohnen, gemeint?" „Du besitzt nicht nur die Gabe, sondern auch Intelligenz und ich hoffe, dass du auch mutig genug bist."

Dann begannen die Übungen, in denen er sich erstaunlich geschickt anstellte. Nach etwa zwei Stunden brachen sie ab und die Lehrerin sagte: „Ich muss nun zurück in meine Welt. Ich konnte dich für die unvermeidliche Konfrontation nur anlernen, aber ich fühle, dass du imstande sein wirst, die Alte aufzuhalten. Du musst versuchen deine eigene, subtile Anwendung der Energie zu kreieren. Beobachte die Hexe genau, abends ist die Zeit, in der sie aktiv wird. Sie weiß jetzt, dass ich fort bin, allerdings auch, dass du meine Nachfolge angetreten hast. Zeige keine Furcht, sie ist zwar mächtig, aber nicht unbesiegbar. Du musst ihr unbedingt Einhalt gebieten, denn wenn der Herr des Moores wiederkehrt, ist die besinnliche Zeit hier zu Ende und unterschätze nicht ihren Sohn."

„Aber wer oder was ist der Herr des Moores?", fragte er. „In euren alten Überlieferungen würdet ihr ihn als Dämon bezeichnen, doch" ... Urplötzlich, genau wie ihr Erscheinen verschwand sie und der Mann starrte ungläubig auf den Flecken Gras, wo sich seine Meisterin vor Sekunden noch befunden hatte und schüttelte sich. Hatte er das eben wirklich erlebt? War dies Realität, eine Art Tagtraum oder gar eine Halluzination? Dann ging er in sich und fühlte erneut jene enorme Energie, die nun durch seinen Körper strömte und wusste, dass es Realität war. Doch wie sollte er nun weiter vorgehen? Am klügsten erschien es ihm, sich heute Nacht in die Nähe des Hexenhauses zu begeben, um sie zu beobachten.

Als er auf dem Nachhauseweg noch einen kurzen Abstecher in den Supermarkt machte, sah er sie mit ihrem Sohn am Gemüsestand stehen. Für einen kurzen Moment trafen sich ihre Blicke und spätestens jetzt verschwanden alle restlichen Zweifel in ihm. Er spürte die, in ihr wohnende, Boshaftigkeit und war nun fest davon überzeugt, dass alles auf Wahrheit beruhte. An der Kasse angekommen, bezahlte er hastig seine Einkäufe und verließ eilig das Gebäude, den Blick nach hinten meidend, obwohl er spürte, dass die beiden ihn beobachteten. Nach einigen Metern kam er an der Bücherei vorbei und stoppte. Vielleicht gab es hier alte Dorfchroniken (die Ortschaft war vor vierzig Jahren eingemeindet und nun Teil einer mittelgroßen Stadt geworden), in denen er etwas über die Historie und vielleicht sogar alte Mythen und Legenden des Ortes erfahren konnte. Doch als er dort nachfragte, teilte ihm die Bibliothekarin mit, dass sämtliche Bücher, die für ihn interessant gewesen wären, ausgeliehen wurden.

Wir müssen die Frau demnächst anschreiben, denn die Leihzeit ist schon vor Wochen abgelaufen, bemerkte die Angestellte beiläufig, nachdem sie die Liste der verliehenen Bücher überprüft hatte. In der Schulzeit hatte ihm ein Klassenkamerad beigebracht auf dem Kopf stehende Schrift zu lesen, sodass es ihm mit einem kurzen Blick gelang den Namen zu erfahren. Es war natürlich die alte Frau Maschinowski, was ihn nicht sonderlich verwunderte. „Nun, dann muss ich halt ohne Hilfen und Informationen auskommen", dachte er und beschloss noch ein paar Stunden zu schlafen, damit Körper und Geist möglichst ausgeruht und konzentriert für die nächtliche Spionageaktion waren.

Gegen Mitternacht startete er die ihm aufgetragene Mission. Während des nächtlichen Ausflugs, arbeitete sein Gehirn auf Hochtouren, denn etliche unbeantwortete Fragen beschäftigten ihn. Seine Lehrerin hatte ihm zwar einiges über die Hexe berichtet, aber es gab noch immer so viele Rätsel, Unklarheiten, auf die er keine Antwort wusste. Warum hatte sie ihn zum Beispiel darauf hingewiesen, den Sohn der Alten nicht zu unterschätzen? Das war doch nur ein versoffener Typ in den Sechzigern, auch nicht gerade besonders kräftig. Da schien es noch irgendetwas, irgendein Detail, zu geben, dass sie ihm nicht mehr mitteilen konnte.

Am, erstaunlicherweise nicht eingezäunten, Grundstück der Alten angekommen, hielt er kurz inne und überlegte sein weiteres Vorgehen. Aus einem der Fenster drang schwacher Lichtschein nach außen, mindestens einer der beiden Bewohner schien also noch wach zu sein, wahrscheinlich die Hexe. Nach kurzer Überlegung beschloss er, obwohl ahnend, dass dies nicht ohne Risiko war, sich an das Haus heranzuschleichen. Dort ist die Wahrscheinlichkeit größer, etwas von den Plänen der Hexe zu erfahren, als einfach nur hier abzuwarten und darauf hoffen, das sie irgendwann ihr Haus verlässt, war seine Argumentation für die Aktivität. Auf halber Strecke stoppte er, da plötzlich klägliches Wimmern in seine Ohren drang. Zunächst zögernd, griff er dann doch in seine Jackentasche und leuchtete mit der Taschenlampe, die er eigentlich nur im Notfall benutzen wollte, kurz den Weg ab. Ihm stockte der Atem. In unmittelbarer Nähe war eine Ratte das Opfer einer fast metergroßen Venusfliegenfalle geworden, was sich als absoluten Glücksfall für ihn herausstellte, denn es befanden sich noch weitere Exemplare dieser monströsen fleischfressenden Pflanzen in der Nähe. Er musste also nach einem anderen Weg suchen. „Wer weiß, was die Alte hier noch für Fallen auf dem Grundstück hat", dachte der Spion. Zum Glück verschwanden jetzt für einen kurzen Augenblick die Wolken, welche eben noch den fast vollen Mond am Nachthimmel bedeckt hatten, sodass er, ohne den Schein seiner Taschenlampe, der ihn vielleicht verraten hätte, dank der Strahlen Lunas seine Umgebung nun besser erkennen konnte. Er schaffte es schließlich, scheinbar unbemerkt, bis kurz vor dem Haus zu gelangen, als ihm ein Schlag auf dem Hinterkopf niederstreckte. Beim Aufprall seines Haupts auf dem Boden bemerkte er noch, wie neben ihm eine Bärenfalle zuschnappte, die glücklicherweise nur zwei kleine Haarsträhnen von ihm erwischte, dann verlor er das Bewusstsein.

Das Erwachen war mit heftigen, dumpfen Kopfschmerzen verbunden. Als sie dann etwas nachließen, sah er sich um und wunderte sich zunächst ‚ob seiner Umgebung, doch nach einer Weile registrierte er, dass man ihm zum Moor gebracht hatte, außerdem hatten sie ihn an Händen und Füssen gefesselt.

„Ich warte schon den ganzen Abend auf dich, erklang die Stimme der Frau Maschinowoski, aber dass du **so** unvorsichtig bist, hätte ich nicht gedacht. Ehrlich gesagt, bin ich ziemlich enttäuscht von dir."

„Was haben sie mit mir vor?",fragte er. „Eigentlich sollte ich es dir nicht erzählen, dich in Unwissenheit lassen, doch ich zeige mich heute mal von meiner generösen Seite und befriedige deine Neugier. Du wirst ihm geopfert, wie schon etliche andere zuvor, nur dass du, im Gegensatz zu ihnen, seine Auferstehung, wie sagt man noch? (ihre Stimme geriet kurz ins Stocken, da sie nach den geeigneten Wort suchte), LIVE miterleben wirst. Eine ganz explizite Ehre für dich, ich hoffe, dass du sie zu schätzen weißt." „Einige andere?" Da erinnerte er sich, vor einigen Monaten Berichte über zwei vermisste Pärchen in den lokalen Gazetten gelesen zu haben. Menschen, die scheinbar spurlos in dieser Gegend verschwunden waren, ohne jegliche Anhaltspunkte und Indizien.

„Mein Sohn ist auch schon voller Vorfreude, seinen Erzeuger kennenzulernen", sagte die Alte und deutete mit einem Fingerzeig hinter sich. Er erschrak, denn als sie aus seinem Gesichtsfeld trat, erblickte er etwas, das man nicht als menschlich bezeichnen konnte, sondern eine Mischung aus Pflanze, Tier, einen kleinen Rest Mensch und etwas anderem, nicht von dieser Welt stammenden, darstellte. Eine Kreatur, von der man beim Anblick den Eindruck gewinnen könnte, dass sie aus einem Genlabor stammte, Produkt von kranken Wissenschaftlern. Lediglich die Beine und Füße ähnelten denen eines Menschen, der Rest des Körpers ließ ihn erschauern. Der unförmige Kopf(wenn man ihn als solchen bezeichnen konnte) bestand aus vielen, teils undefinierbaren strukturierten, Maserungen in den verschiedensten Brauntönen, die seltsamerweise alle zuckten, vergleichbar mit Myoklonien oder epileptischen Anfällen.

Bei genauerer Betrachtung erkannte er aber, dass die Bewegungen von Lebewesen, deren Aussehen Blutegel ähnelten, ausgelöst wurden. Eines von ihnen hatte sich jetzt gelöst und fiel zu Boden. Die Ohren des Monstrums waren zwei gezähnte Öffnungen und glichen Venusfliegenfallen. Die Augen waren völlig konträr. Das rechte rund mit schwarzer Pupille, während die seines linken rötlich leuchtete. Der Blick dieses, ovalen, Auges wirkte auf ihn stechend und bösartig. Er kam nicht weiter dazu, das Wesen zu betrachten, da die Alte sich vor ihm aufbaute und in einem spöttischen Tonfall fragte: „Gefällt dir das, wie sagt ihr doch so schön, alternative Antlitz meines geliebten Sohnes? Durch ständigen Korngenuss ist seine Wandlungsfähigkeit im Laufe der Zeit leider sehr stark eingeschränkt worden. Heute habe ich mit einigen Hilfsmittel dabei nachgeholfen, damit er sich seinem Erzeuger in dem Aussehen zeigen kann, welches den Herr des Moores mehr behagen wird." Dann ließ sie ein boshaftes, hämisches Lachen ertönen, das über die nächtliche Moorlandschaft hallte.

Fieberhaft überlegte der am Kopf, von dem immer noch etwas Blut auf den weichen Boden tropfte, lädierte Hippie, wie er sich aus der misslichen Lage befreien könnte, denn wenn die grauen Zellen in seinem Gehirn nicht alsbald eine Lösung produzierten, erwartete ihn der Tod. Da registrierte er aus dem Augenwinkel plötzlich Bewegungen auf dem Boden. Mühsam drehte er seinen schmerzenden Kopf zur Seite und erkannte, dass sie von einen, dieser Blutegel ähnelten, Wesen ausgelöst wurden, welches sich ihm unbemerkt genähert hatte. Es saß jetzt auf dem linken Handgelenk und labte sich an seinen Lebenssaft. Zunächst stieg ein Ekel ob des Egels in ihm auf, dann aber merkte er, dass sich die Fesseln langsam lockerten, wahrscheinlich bedingt durch die Blutabfuhr. Nach kurzem Zerren gelang es ihm, die Stricke unbemerkt abzustreifen. Da die Alte sich von ihm abgewandt hatte und nun mit Kreide merkwürdige Symbole, welche er noch nie vorher gesehen hatte, auf dem Boden zeichnete, wobei sie einen seltsamen Singsang einstimmte, nutzte der Freak die Gelegenheit, um unbemerkt aufzustehen. Nahezu zeitgleich hatte er sich den Egel gegriffen und warf ihn mitten in das Gesicht der Hexe. Frau Maschinowski schrie überrascht auf und riss den Sauger mit einem kräftigen Ruck ab. Dann erblickte sie ihren fessellosen Widersacher, und auf dem Gesicht der Hexe zeigte sich Erstaunen, das aber binnen Sekunden Zorn wich. Der Zweikampf war nun unausweichlich.

Er sah, wie die Frau sich konzentrierte, um Energie zu sammeln, und auch er fokussierte sich darauf seine inneren Kräfte zu bündeln. Dann schossen Bündel heller Energiestrahlen aus den Fingerspitzen der Kontrahenten und trafen im Nachthimmel aufeinander. Beide versuchten sie, ihr magisches Potenzial voll abzurufen, ein Duell mit noch ungewissen Ausgang. Im Geiste erschien seine Lehrerin, die ihm motivierte alles aus sich hinaus zu holen, denn wenn dieser Kampf verloren ging, dann ...

Jene Kreatur, die ihr Sohn sein sollte, zeigte nur kurzzeitiges Interesse an dem Kampf. Sie starrte stattdessen intensiv konzentriert auf das Moor, das jetzt an einer Stelle in Bewegung geriet, es schien so, als ob sich irgendetwas vom Grund des alten Sumpfes seinen Weg nach oben bahnte.

Seiner Mutter, der nun Blut von den Wangen tropfte, schwollen die Adern im Gesicht an, auch ihrem Widersacher erging es ähnlich. Bisher war es ein Kampf zweier völlig ebenbürtiger Gegner, dessen Ausgang völlig ungewiss erschien. Während die Alte nun aber am Rande ihrer Kräfte angelangt war, gelang es ihm noch einen kleinen Rest Energie aus seinem Inneren mobilisieren, was sich letztlich als entscheidend für den Sieg des Duells herausstellte. Auch die Hexe versuchte, ihre letzten Reserven zu aktivieren, doch dabei übernahm sie sich. Zwei Adern auf ihrer zerfurchten Stirn platzten, Blut spritzte, besprenkelte den Moorboden und einige Pflanzen. Sie schrie auf, stemmte sich gegen das unausweichliche Schicksal: Ein, vom Teufel, reservierter Ehrenplatz in der Hölle, von der ihr jetzt Visionen gigantischer, grell lodernder Feuer in das Gehirn projiziert wurden.

Trotz aller Bemühungen, schwanden ihre Kräfte jetzt rapide und als ein Strahl des Gegners sie mit voller Wucht in die Brust traf, war das Duell beendet. Ein lauter Schmerzlaut und ein ganz kurzes Aufbäumen noch, danach fiel sie auf dem feuchten Boden des Moorrandes und hauchte ihr Leben aus.

Erschöpft von dem Kampf ging er einige Sekunden in sich, bis ihn unheimliche Geräusche hinter seinem Rücken aufschreckten. Sie drangen aus dem Loch im Sumpf, das sich nun rasant vergrößerte. Irgendetwas oder jemand befand sich dort unten und war nun gewillt, aus den Tiefen des Moores an die Oberfläche zu steigen.

Der Sohn der Alten registrierte nun, dass seine Mutter die Schlacht verloren hatte und heftiger Zorn stieg in ihm auf. Aus dem Maul des Monstrums schnellte plötzlich eine gewaltige Zunge, die den Hals des magischen Kämpfers nur knapp verfehlte. Unwillkürlich trat dieser drei Schritte zurück, um gegen weitere Attacken besser gefeit zu sein. Spätestens jetzt begriff er, warum und wovor seine Lehrerin ihn gewarnt hatte. Erneut sammelte er Energie, doch aufgrund des vorherigen Gefechts, gelang es ihm nicht sofort, sie zu bündeln. Der Halbdämon stieß dumpfe, grauenhafte Schreie aus und lief wutentbrannt auf ihn zu. Mit äußerster Mühe gelang es dem Freak, einen schwachen Energiestrahl aus seinen Fingerspitzen zu produzieren, der die linke Gesichtshälfte des Hexensohns streifte. Die Kreatur bremste kurz ihren Lauf und riss sich zwei der Egelwesen von seinem „Kopf" ab, um sie blitzschnell auf seinem Gegner zu werfen. Einer verfehlte das Ziel, während der zweite Egel auf der Wange des Mannes landete, und sofort begann sich vollzusaugen. Mit einem kräftigen Ruck zog der Neomagier den Blutsauger ab, warf ihn auf dem Boden und zertrampelte ihn. Zu seinem Glück war der Hexensohn für Sekunden unentschlossen. Einerseits voller Zorn ob des Todes seiner Mutter, andererseits regte sich aber auch neugierige Erwartung auf das Erscheinen des Moordämons, den er noch nie gesehen hatte und dessen Ankunft scheinbar unmittelbar bevorstand, in ihm, sodass er über die Schulter zurückblickte. Das Zögern war außerordentliches Glück für den weißmagischen Kämpfer, denn die kurze Zeitspanne konnte der Freak nutzen, um neue Energie zu bündeln.

Die Kreatur fühlte, dass ihr Erzeuger nahte, sich anschickte, aus dem Moor zu steigen, was in ihr Freude auslöste. Dann wollte sie sich wieder den Mörder seiner Mutter widmen, aber dafür war es jetzt zu spät. Ein mächtiger Strahl traf mitten in das Herz. Zwei, drei taumelnde letzte Schritte des halbdämonischen Bastards, dann fiel er rücklings in das Moor, knapp neben dem vor kurzem entstandenen Loch. Die Energie des Strahls war so gewaltig, dass er den Körper durchdrungen hatte und anschließend mit voller Wucht den Dämon traf.

Der siegreiche Kämpfer sah das Haupt des ehemaligen Moorherrschers, ein massiger, lederhäutiger Kopf, auf dessen Stirn sich zwei mächtige Hörner befanden. Die roten, funkelnden Augen starrten ihn, einen Sekundenbruchteil lang, bösartig an, dann sank er zurück in das Moorloch, aus dem nun unzählige Hände hervorschossen und ihn und den toten Körper seines Sohnes nach unten in die Tiefe zogen, anschließend schloss sich die Öffnung im Sumpf wieder.

Erschöpft ließ er sich auf dem Boden nieder und starrte auf das große, lang gestreckte Feuchtgebiet, um über die Ereignisse der letzten Tage nachzudenken, die ihm wie ein Film vorkamen und sein tristes Leben verändert hatten. Dann sah er sie: Unzählige kleine Lichtkugeln, die aus dem Moor schossen, um danach für immer in den dunklen Abendhimmel zu verschwinden. „Das sind die gefangenen Seelen, sie entkommen endlich aus ihren Kerker und gewinnen ihre lang ersehnte Freiheit", dachte er und freute sich für sie. Als nach einigen Minuten das Schauspiel beendet war, spürte er, dass sich jemand in unmittelbarer Nähe befand. Mühsam richtete der Kämpfer sich auf und blickte hinter sich. Dort schwebte seine Lehrmeisterin, die ihm anerkennend zunickte.

„Sie sind dir dankbar für ihre Erlösung und ich empfinde Ähnliches. Jetzt kann ich mich endlich zur Ruhe begeben. Du bist nun der neue Herr des Moores oder sollte ich eher Hüter sagen?" Er wollte etwas erwidern, doch ihre schwachen Konturen lösten sich jetzt komplett auf und er war wieder alleine. Mit schmerzverzerrtem Gesicht stand er auf und fühlte, dass sein Leben nun doch einen Sinn hatte.

Zwei ewige Widersacher

Unzählige Menschen verfielen ihr im Laufe des Zeitalters, dabei mit sehr unterschiedlichen Auswirkungen. Manche infizierte sie mit einem Grad von extremer Intensität, was unkontrollierbare Euphorie freisetzte, bei anderen wiederum zu unerträglicher Qual führte. Für viele erwies sie sich dagegen geradezu als Erfüllung ihres irdischen Daseins.

Es konnte fast jeden treffen. Sie spendete der Menschheit Freude und Kraft, manchmal fügte sie ihnen aber, wenn auch ungewollt, Kummer und schreckliches Leid zu. Einige wünschten sich vom ganzen Herzen sie kennenzulernen, und gingen daran zugrunde, dass ihnen nicht mal eine kurze Stippvisite gewährt wurde. Die Herzen derjenigen aber, die sie befiel, schlugen mit rasanter Geschwindigkeit und verursachten schwindelige Glücksgefühle, oftmals verbunden mit nächtelanger Schlaflosigkeit.

Ihr mächtiger, ewiger Widersacher hingegen indoktrinierte die Menschen in total gegensätzlicher Weise. Auch er übte starke Kontrolle aus, oktroyierte ihnen sein Willen, wobei die Motive und Ziele von ihm aber in eine völlig konträre Richtung gingen. Eine Kriminalautorin schrieb einmal (mittels einer ihrer Romanfiguren), dass ER keine so so große Triebkraft wie SIE sei. Dies beruht zwar auf Wahrheit, aber dennoch vermochte er, genau wie seine Rivalin, insbesondere charakterlich schwache Menschen uneingeschränkt zu beherrschen, einige wurden geradezu innerlich besessen, verfielen ihm wie Süchtige. Ähnliches konnte den Humanoiden zwar auch durch ihrer Einwirkung geschehen, nur hatte es da gänzlich andere Ursachen und Auswirkungen.

Der große Unterschied zwischen den beiden bestand darin, dass man ihre Motive im Ursprung als völlig positiv bezeichnen konnte, allerdings schlossen sich ihr manchmal unbemerkt zwielichtige Gesellen an.

Eine von diesen war mit IHM sehr gut befreundet. Sie schlich sich manchmal langsam und oftmals unmerklich in das Leben der von IHR befallenen Personen ein und veranlasste die Menschen in Extremfällen zu bösartigen, niederträchtigen Handlungen. Einigen gelang es, sie wieder zu vertreiben, während manche sich von IHR komplett abwandten und dafür von IHM befallen wurden.

So antagonistisch die beiden auch waren, hatten sie doch einst ein Kind zusammen gezeugt. Auch dieser Hybrid ergriff Besitz von den Menschen und erwies sich noch wesentlich *extremer* als sein Vater, denn er vereinte die Eigenschaften beider Elternteile, weshalb auch sein Name eine Zusammensetzung derer seiner Erzeuger war.

Liebe und Hass sind seit Anbeginn der Menschheit prägende Emotionen. Schleicht sich die Eifersucht bei Liebenden ein, so kann das zu völligen Vertrauensverlust führen, wodurch meistens auch die Liebe vernichtet wird. In Einzelfällen kann diese sogar zu Hass umschlagen.

Die Hassliebe aber, ist eine der extremsten Gefühlsschwankungen und von ihr Besessene leiden unter entsetzlichen Qualen. Innerlich zerfressen von einem Zwiespalt, gefangen zwischen zwei völlig konträren Gegensätzen und oftmals mit einer Tragödie endend.

Das Trauma des Mettbären

Da lag er nun, ein Stück namenloses Fleisch, bestrahlt von der Septembersonne, die trotz des herannahenden Herbstes immer noch sehr intensiv war und die Temperaturen auf jenseits der 20° hochschnellen lies. Vor Kurzem war er nur Teil eines großen unförmigen Haufens gewesen, den man dann irgendwann zu dem grässlichen Wolf gebracht hatte, der ihn malträtierte, würgte, durch die Mangel nahm. Anschließend proportionierten die Menschen das Opfer des Wolfes in viele kleinere rundliche Gebilde, eines davon wurde er. Bei der ganzen Prozedur achtete man sehr streng darauf, dass in ihnen kein Leben aufkeimen konnte.

Dies war die Historie seiner Entstehung. Wäre er ein menschliches Wesen, so hätten Diplom-Psychologen wahrscheinlich von traumatischen Kindheitserlebnissen und daraus resultierenden starken psychischen Problemen und Beeinträchtigungen gesprochen, was ihm dann möglicherweise sehr gute Chancen auf erwerbsmindernde Rente eingeräumt hätte. Doch da nur ein leb- und wehrloser Klumpen Fleisch, Produkt von mit weißen Kitteln bekleideten Frauen und Männern, sowie deren Gehilfen, dem metallischen Wolf, kamen solche Überlegungen nicht auf. Er war, ebenso wie sein Peiniger, völlig frei von jeglichen Gedanken und zu keinerlei Emotionen fähig, was aber auch etliche Vorteile mit sich brachte. Menschliche Probleme wie Beziehungsstress, Eifersucht, Mobbing, Einsamkeit, Depressionen blieben ihm erspart.

So verbrachte er dann fast einen halben Tag regungslos neben Kollegen, bis man ihn irgendwann packte, wog und schließlich in einem kleinen Beutel einsperrte und verkaufte.

Einige Stunden später befreite man ihn zwar wieder aus dem engen Plastikgefängnis, aber gleich darauf schnitten sie Teile seines Körpers ab, wodurch aus seinem einst kreisförmigen, weichen „Korpus" nun ein merkwürdig deformierter Haufen wurde, dessen Spitze ein seltsamer Zipfel bildete.

Plötzlich erklang eine Männerstimme: „Sieh mal, findest du nicht, dass der obere Teil des Metts wie der Kopf eines Bären aussieht?" Die Adressatin der Frage blickte eine Zeit lang neugierig auf den Mettklops und antwortete dann: „Du hast recht, sieht wirklich wie der aufgestützte Kopf eines traurigen Bären aus!" Kurz nach ihrer Antwort beugte sie sich über das Fleisch und verschlang den oberen Teil des Mettklopses. „Oh nein, jetzt hast du seinen Kopf abgebissen, der arme Mettbär!", rief der Mann mit gespielten Entsetzen in der Stimme. „Aber wahrscheinlich war das eine gute, soziale Tat. Du hast ihn von seinem Leid erlöst, also lass keine Gewissensbisse in dir aufkommen", sagte er lachend, um sich dann wieder gemeinsam mit ihr dem Genuss ihrer Picknickköstlichkeiten: Leckere, mit Schafskäse gefüllte grüne Peperoni, Tomaten und drei Käsesorten, darunter ein großes Stück Camem(bär)bert, sowie die Reste des, nun hauptlosen, Mettbären, hinzugeben.

Die Invasion der Stinkussianer

Als das erste Mal der, völlig abgespacede, Gedanke in seinem Gehirn spukte, tat er es noch kopfschüttelnd als reine Fantasterei ab, gab den vielen Science-Fiction Filmen die Schuld. Aber dann, in einer der unzähligen ruhigen Stunden, wurde der Mann doch unsicher, ob nicht etwas an seiner, äußerst krassen, Theorie dran sein könnte, denn das Planet Erde der einzige mit Lebensformen im Universum sein sollte, bezweifelte ja nicht nur er. Diese seltsamen Individuen wirkten auf ihn so abnorm, so fern von jedem humanen Verhalten.

Bei einem der, im angrenzenden Nachbarblock wohnenden, Verdächtigen erklangen nachts zuweilen seltsame pfeifende, piepende Geräusche und Stimmen in einer ihm unbekannten Sprache aus der Wohnung. Das erste Mal war es ihm an einem Wochenende aufgefallen, als er nachts, von einer Party nach Hause kommend, an dessen Wohnung vorbeiging, wobei ihm zudem verwunderte, dass der Typ um diese Uhrzeit noch nicht schlief. Da er aber an dem Abend zu viel getrunken hatte, konnte er sich nicht mehr genau entsinnen. Lediglich das Wort Stinkuss war ihm in Erinnerung geblieben. Doch es gab noch weitere Indizien, die ihm zu seiner spektakulären Vermutung veranlassten. Insbesondere die Abneigung gegen aromatische Düfte war schon sehr auffällig bei den Gestalten. Stattdessen umgab sie immer eine unsichtbare Wolke von ekelerregendem Gestank, abartiger als verweste Kadaver toter Fische.

Man sah sie auch nur entweder alleine oder mit ihresgleichen in den Straßen. Die Busfahrten wurden teilweise zur Tortur für alle Fahrgäste, sobald sich auch nur einer von ihnen dort aufhielt. Fuhren aber gar mehrere der übel riechenden Gesellen mit, so konnte die gesamte Strecke nur mit aufgerissenen Fenstern ertragen werden, was vor allem bei winterlichen Temperaturen extrem unangenehm war. Viele Busfahrer hatten deshalb schon Duftbäume aufgehängt, die aber auch nur zu einer minimalen Linderung des überstrapazierten Olfaktus verhalfen.

Er sass seufzend in seiner Wohnung und sinnierte über die Zukunft seiner Spezies. Dieses heruntergekommene Viertel, in dem etliche Bewohner fast (aber nur fast, denn an den für ihn euphorisierenden Duft eines Stinkussianers kam keiner der Erdbewohner auch nur annähernd heran) das gleiche Körperaroma besaßen, war, wenn man es mit den anderen Stadtteilen verglich, insgesamt noch am erträglichsten. Ihr Anführer hatte beschlossen, hier das Hauptquartier aufzubauen. Dieser Ort schien dafür geradezu prädestiniert zu sein.

Wie verhasst hingegen waren ihm Menschen, die sich jeden Tag wuschen (wie sie es nannten). Sie begossen ihre Körper mit Flüssigkeiten, die ihn zutiefst anwiderten. Insbesondere die Frauen taten sich im negativen Sinne stark hervor: Parfums, Lotions, was für ein widerwärtiges Zeug! Aber wesentlich heftiger quälte sie der Geruch von Blumenblüten. Selbst in diesem Stadtteil gab es bis vor wenigen Wochen noch drei Floristen, deren Läden aber in nächtlichen Aktionen von ihnen allesamt zerstört wurden.

Blumen! Der Grund, warum sie damals flüchten mussten, denn bei ihnen bestand eine stark ausgeprägte Anthophobie, wie die Menschen es bezeichneten. Überall auf ihren Heimatplaneten hatten sie plötzlich gewuchert, irgendjemand hatte wohl versehentlich Samen von einen anderen Planeten mitgebracht, was zur Ausbreitung der Pflanzen auf Stinkuss geführt hatte. Das Prekäre an der Plage, die für ihn und seine Freunde einer Dissemination glich, war aber, dass viele Stinkussianer auf einmal Freude an den neuartigen Geruch empfanden. Sie überwanden ihre Phobie und änderten die Lebensgewohnheiten komplett, ähnlich den Hippies damals hier auf der Erde, was schließlich zur Rebellion auf Stinkuss und, daraus resultierender, Flucht der überlebenden Traditionalisten geführt hatte. Die siegreichen Revolutionäre nannten sich jetzt Floressianer, hatten sogar den Planeten von Stinkuss in Flosdeos umbenannt! Die ganze Entwicklung war empörend! Mit grimmigen Zorn dachte er an die Zeit zurück, an die zerstörte Kultur und Ordnung seiner Heimat, und beschloss sich durch Körperpflege in einer besseren Stimmung zu versetzen. Oh, wie sehr liebte er Ammoniakmundspray, das sie hier mühevoll in einem geheimen Laboratorium entwickelt hatten. Aber noch herrlicher war das, aus Formaldehyd bestehende, Stinkuduschgel. Welch eine Wohltat, gab es jetzt, mit einigen Zusatzstoffen, auch als Hautcreme auf ihren speziellen Stinkussianermarkt zu erwerben, wo es die Attraktion des Monats war, der Erfinder arbeitete aber schon fieberhaft an neuen Kreationen.

Demnächst stand wieder das wöchentliche Meeting an. Unter den zahlreichen Tagungspunkten war eine Diskussion, ob man sich auf diesen Planeten langfristig niederlassen oder die Rückkehr mit Konterrevolution auf Stinkuss anstreben sollte, vorgesehen. Eine sehr schwere Entscheidung, die ihr Oberhaupt, der große, erhabene Stinkumuffelinus am Ende der Debatte zu fällen hatte, denn die Meinungen innerhalb der Stinkussianer waren dazu sehr konträr und hatten schon bei dem vorherigen Meeting für Dissonanzen unter ihnen gesorgt.

Ein weiteres, sehr delikates Thema, das sie intensiv beschäftigte, war der akute Frauenmangel und die daraus resultierenden Probleme. Die meisten weiblichen Stinkussianer hatten sich damals den Revolutionären angeschlossen und von den wenigen, mit den Traditionalisten geflüchteten, Frauen starben mehr als die Hälfte während ihrer langen Reise durch das Weltall. Menschenfrauen kamen für die Fortpflanzung ihrer Spezies nicht in Frage, denn der ekelerregende Duft von Sprays, Parfums und Lotions widerte die Stinkusianer an und die wenigen in dem Viertel, welche fast so attraktiv wie eine Stinkusianerin dufteten, waren leider schon zu alt. Man hatte in Betracht gezogen, die menschenähnlichen Wesen für Paarungszwecke zu benutzen, doch kamen sie auf diesem Teil des Planeten nicht frei lebend vor, nur in den sogenannten Zoos. Zudem waren sie von den Menschen fast ausgerottet worden und außerdem wild, kräftig und unberechenbar. Einer der Stinkussianer hatte, da seine Hormone verrückt spielten und er seine Triebe nur noch schwerlich kontrollieren konnte, es gewagt in den städtischen Zoo einzudringen, wo ein Gorillaweibchen lebte, aber das zog fatale Folgen nach sich.

Zwar war es dem Außerirdischen gelungen, des Nachts in den Affenkäfig einzudringen, doch gerade als er sich seine Hose auszog, um dass Weibchen zu begatten, stürzte sich der Silbernacken, den der Zoo einige Tage zuvor aus Afrika importiert hatte(worüber der notgeile Stinkussianer leider keine Kenntnis besaß) auf ihn. Die Folgen waren absolut verheerend. Wie durch ein Wunder gelang es den Außerirdischen, zu entfliehen, doch büßte er dabei wichtige Körperteile im Genitalbereich ein, die ihm der wütende Gorilla abriss, und starb, kurz nachdem er seine Wohnung erreichte. Hätte der Stinkussaner stattdessen das Gehege der Orang-Utans ausgewählt, so wäre sein Unternehmen vielleicht von Erfolg gekrönt worden.

Glücklicherweise konnte er kurz vor seinem Tode noch zwei Artgenossen informieren, die, wie auch schon bei einigen anderen Todesfällen der Stinkusianer zuvor, sich um die Entsorgung des Leichnams kümmerten, während das Gorillapäärchen kurzzeitig seine Freiheit genoss, bis sie nach einer aufwendigen Aktion, die damals für große Schlagzeilen in den Gazetten sorgte, wieder eingefangen wurden. Man rätselte und diskutierte sowohl in Nachrichtensendungen verschiedener Fernsehsender als auch in den sozialen Medien tagelang darüber, wer sie befreit haben könnte.

Jetzt war die Zeit des Meetings gekommen. Der große, erhabene Stinkumuffelinus hatte ihn angefunkt und er machte sich auf dem Weg zu ihren geheimen Treffpunkt, allerdings nicht, ohne sich vorher noch einmal etwas von dem, lieblich duftenden, Mundsprays zu gönnen.

Durch ein Geräusch aus dem Schlaf gerissen, stand er auf und ging schlaftrunken zu seinem Schlafzimmerfenster, wo er die für ihn obskure, verdächtige Gestalt auf den Bürgersteig entlang gehen sah. Äußerst merkwürdig, was wollte der Mann um zwei Uhr nachts da draußen? In der Richtung, die er einschlug, befand sich nur das abgelegene Klärwerk der Stadt.

Kurzentschlossen zog er sich eilig an, um ihn zu verfolgen. Sein Nachbar hatte zwar einigen Vorsprung, ging aber nicht sonderlich schnell. Zielstrebig steuerte der Stinkusianer auf das Grundstück des Klärwerks zu. Bedächtig, in gebührenden Abstand, schlich ihm der junge Mann nach, dabei vorsichtig darauf achtend, Geräusche zu vermeiden.

Bei dem Betreten des Gebäudes drang Stimmengewirr in seine Ohren. Er stoppte seinen Gang, hielt inne und lauschte kurz. Irgendwo unterhielten sich mehrere Personen in der ihm unbekannten Sprache, die er schon einmal aus der Wohnung seines übel riechenden Nachbarn gehört hatte. Es schienen sich also weitere Außerirdische hier aufzuhalten(mittlerweile war er der festen Überzeugung, dass seine Theorie zutraf), was wohl auch die Ursache des widerlichen Gestankes im Gebäude, der ihn stark an den Körpergeruch des von ihm observierten Mannes erinnerte, erklärte. Schlimmer als die Abwässer der Kanalisation, die hier gefiltert wurden und auch nicht gerade besonders aromatisch dufteten.

Vorsichtig schlich er weiter, dabei angestrengt lauschend, um zu lokalisieren, woher die Stimmen kamen, musste aber abrupt bremsen und sich hinter einen Pfeiler verstecken, da plötzlich jemand eine Tür aufriss. Als seine Augen erfassten, was dort aus dem Raum trat, überkam ihm heftiges Würgen, das er nur mit größter Anstrengung unterdrücken konnte.

Der Stinkussianer stutzte kurz. War dort nicht eben ein Geräusch erklungen? Nach einigen Sekunden intensiven Lauschens schüttelte der Außerirdische sein Haupt. Die Bezeichnung Kopf wäre aus menschlicher Sicht fraglich, denn das obere Körperteil war so seltsam geformt, dass einem Humanoiden dafür kein Begriff eingefallen wäre. Am ehesten konnte man es noch mit einer Koralle vergleichen. Hier im Klärwerk hatten sie ihre menschliche Gestalt aufgegeben und der Stinkussianer hielt nun sein langes, gräuliches Geschlechtsteil, dessen Ende einer Pfeilspitze glich, in der „Hand", um einen Strahl grün leuchtender, absolut ekelerregend stinkender Flüssigkeit gegen den Pfeiler zu spritzen. Zufrieden grunzend, begab der Alienmann sich danach wieder zurück in dem Meetingraum.

Er versuchte noch, den aufkommenden Brechreiz zu unterdrücken, denn einige Spritzer des Alienurins waren auf seiner Hose gelandet, doch letztendlich bewirkte der widerliche Gestank, dass sein Magen revolutionierte, was ihn zwang, eilig nach draußen zu laufen, wo er in einem Gebüsch vor der aufsteigenden Flüssigkeit im Körperinneren kapitulierte und heftig erbrach.

Der selbst ernannte Alienjäger blickte, nach gründlicher Entleerung seines Organs, ängstlich in Richtung Klärwerk, doch schien dort glücklicherweise niemand etwas gehört zu haben. Fieberhaft überlegte er. Eile war geboten, denn jetzt schien der Zeitpunkt für eine Vernichtung dieser widerlichen Kreaturen optimal. Aber wie konnte man sie besiegen? Plötzlich produzierte sein kreatives Gehirn eine äußerst bizarre Idee. Es war zwar nur Mutmaßung, basierend auf den Körpergeruch der Aliens, aber erschien ihm durchaus logisch.

Glücklicherweise hatte er sein Handy mitgenommen, das er aus seiner Jackentasche zog, um ein mit ihm befreundetes Pärchen anzurufen, hoffend, dass die beiden schon wieder von der Party zurück waren, zu der sie heute wollten. Nach fünfmaligem Ertönen des Freizeichens, erklang die Stimme von Freddy.

„Ey Mirko, was gibt es denn so Wichtiges, dass du so spät in der Nacht noch anrufst? Hast Glück, wir sind gerade wieder nach Hause gekommen. Die Party war total scheiße, alle sind dort"... „Könnt ihr schnell zu dem alten Klärwerk kommen? Hier steigt anscheinend eine ganz spezielle Party. Sagt auch Carmen und Carlo Bescheid und nehmt alles an Duftsprays, Deos, Duschgels mit, was sich in euren Wohnungen befindet, vielleicht auch Blumensträuße und Töpfe mit blühenden Pflanzen, solltet ihr welche in der Wohnung haben." Ach ja: „Einige Gasmasken, falls ihr welche besitzt, wären auch sehr wichtig, das alles ist Grundvoraussetzung für die Teilnahme." „Hm, das hört sich ja ziemlich abgefahren an, wir sind etwa in einer Viertelstunde da. Bis gleich!"

Mittlerweile fühlte er sich wieder fit, die Übelkeit war verschwunden und gespannt wartete Mirko auf die Ankunft seiner Freunde. Nach etwa zwanzig Minuten erklangen Motorengeräusche von mehreren Autos, die sich rasch näherten und dann in unmittelbarer Nähe des Klärwerks parkten.

Freddy und seine Freundin Franziska hatten außer Carlo und Carmen noch vier weitere Freunde mitgebracht. „Wo ist denn die Party?", fragte, mit leicht lallender Stimme, Fabian, der einer von ihnen war. „Im Klärwerk, habt ihr an die Sachen gedacht?" „Klar, mein ganzer Kofferraum ist voll davon, auch einige Gasmasken, genau wie du verlangt hast", antwortete Carlo. „Setzt sie euch auf und gebt mir auch eine. Schnappt euch dass ganze Zeug und dann kann es losgehen!"

Die Partytruppe befolgte Mirkos Anweisungen und stürmte mit ihm in das Klärwerk. Diejenigen, welche keine Gasmaske abbekommen hatten, verzogen nach kurzer Zeit angewidert das Gesicht. „Alter, ist das hier ein Gestank, schlimmer als Verwesung, wie Pesthauch, sind hier Leichen?", fragte Carlo. „Und wo ist nun die Party? Man hört ja gar keine Mucke!", fragte Fabian, erneut.

„Pst, nicht so laut, nicht das sie uns" … Bevor Mirko den Satz beenden konnte, wurde die Tür aufgerissen und zwei der Stinkussianer stürmten heraus. Dem Vorderen trafen zwei, von Mirko geworfene, Parfumflacons am Kopf, worauf sich die Haut des Aliens löste und wie bei einem Säurefraß mehrere Löcher produzierte. Wilde Schmerzschreie ausstoßend, legte er instinktiv und unbedacht die rechte Hand auf seine Wange, was zur Folge hatte, dass selbst die harte braungraue, schuppige Haut seiner Pranke sich auflöste.

Alarmiert von den Schreien, stürmten die anderen Stinkussianer aus dem Sitzungssaal, wurden aber mit einem Bombardement von Parfumflacons, Duschgels, Rasierwasser und ähnlichen getroffen. „Geile Maskierungen haben die und der Trick mit der Haut, wie machen die das nur?", lallte Fabian, verstummte dann aber ganz schnell, als er sah, wie mehrere der Stinkussianer, von etlichen Flacons getroffen, vor Schmerzen brüllten und ihre Körper sich anschließend binnen Sekunden auflösten und zu einer grauen flüssigen Masse verwandelten.

„Es wirkt! Stirn und besonders ihre Nasen scheinen die neuralgischen Punkte zu sein! Jetzt greifen wir alle gemeinsam frontal an!", schrie Mirko und zog aus einem Rucksack mehrere Blumensträuße, mit denen er die übrig gebliebenen Aliens bewarf.

Der große Stinkumuffelinus sah mit Entsetzen, wie seine Untertanen vernichtet worden. „Es ist an der Zeit von diesem Planeten zu verschwinden", sagte er zu seiner Gemahlin. Eilig zog er sich mit ihr und vier weiteren Aliens zurück in einen kleinen, versteckten Nebenraum. Dort befand sich eine bunte, leuchtende Schaltfläche mit vielen Tasten und Knöpfen.

Fabian stand, sichtlich konsterniert, mit offenen Mund stocksteif da und brachte keinen Ton mehr her raus, nachdem er die platzenden Schädel zweier, von Blumensträußen an der Stirn getroffenen, Stinkussianer gesehen hatte. Für ein paar Sekunden nur, erblickten seine Augen graugrünliche aus unzähligen Windungen bestehenden Aliengehirne, deren Synapsen sich lösten, wodurch die diversen, optisch an Würmer erinnernde, Windungen auf den glatten Boden des Klärwerkes fielen, kurz aufklatschten, zuckten, dann schmolzen, um sich schließlich zu einer undefinierbaren schleimigen Masse zu verwandeln. Gerade als sein, bedingt durch den immensen Alkoholkonsum, stark beeinträchtigter und dadurch nur sehr langsam arbeitender Verstand den transferierten visuellen Informationsfluss verarbeitete, spritzen Teile eines Stinkussianergehirns in Fabians, ob der ganzen für ihn absolut fantastischen und surreal wirkenden Aktionen, vor Erstaunen weit aufgerissen Mund, wodurch die Sensibilitätsgrenze seines Magens überschritten wurde und ein großer Schwall, dessen Bestandteile Alkohol und einzelne Brocken halb verdauter Nahrung waren, im hohen Bogen aus ihm herausschoss.

Diesen Moment nutzte ein Alien und packte Fabian an dem Hals. Binnen Sekunden wurde der Partymann in die Höhe gehoben. Aus dem Augenwinkel sah Mirko die Misere, in der sich sein Freund befand, griff sich eine Dose Deodorant und eilte hinzu, um den Stinkussianer den Inhalt in die Augen zu sprühen. Aus dem Maul des Außerirdischen drangen kreischende, qualvoll klingende Laute und Sekundenbruchteile später schossen die Pupillen aus den Augenhöhlen des Aliens. Eine von ihnen traf Freddy an der Schläfe und knockte ihn aus. Dann sackte der Stinkussianer zusammen und zerfloss, wobei er vorher seinen Gegner fallenließ, der äußerst unsanft auf den harten Betonbelag aufschlug, was ihm eine große Platzwunde auf der Stirn einbrachte.

„Sechs von ihnen sind geflohen!", brüllte Carlo und schickte sich gerade an hinterherzulaufen, als ein Beben ihn und seine Freunde zum Fallen brachte. „Scheiße, was ist denn nun los?", fluchte Carmen. Ungläubig starrten sie auf die einst grauen Wände, welche sich nun verdunkelten und auf denen bunte, seltsam flackernde Lichter und Schaltflächen erschienen. Die Gruppe vermutete zunächst, dass es Projektionen seien, doch wurden sie binnen Sekunden eines Besseren belehrt. Fast gleichzeitig ertönten zischende und pfeifende, psychedelisch anmutende Töne, die an alte Spacerockbands aus den 70-Ern des letzten Jahrhunderts erinnerten.

„Was verdammt noch mal, geht hier vor sich!?", schrie Carlo. „Ich befürchte, das ist gar kein Klärwerk, sondern deren Raumschiff", antwortete ihm Mirko. „Das ist doch Scheiße, wir müssen hier schleunigst raus, bevor" ...

Da ertönte plötzlich dunkles, lautes hämisches Gelächter, das ein Echo warf und durch den Raum hallte. „Oh nein, es ist zu spät!", schrie Carlo.

Schweißgebadet wachte Mirko auf und registrierte nach kurzen Moment der Desorientierung, dass er sich in seinem Bett befand. Ein Glück, es war nur ein Traum, atmete er erleichtert auf und beschloss, sich in Zukunft weniger Science-Fiction Filme anzusehen.

Der Blähterrorrist

Die Hauptpersonen der Geschichte sind:

Rainer Riechmann (der Blähterrorist und Gründer der BiffF)
Annika (seine Freundin)
Trude von Tratsch
Clothilde Plapper-Maul
Klara Klatsch
Rechtsanwalt Gregor Gierig
Rechtsanwalt Reinhard Redlich
Christian F. (Autor)
Justus Justizius (Staatsanwalt)
Illona Illusionitzki (Talkshowmoderatorin)
Stefan und Stefanie Stinkinow (zwei Mitglieder der Bifff)

Es gibt durchaus unterschiedliche Methoden mit seinen unliebsamen, gehässigen Nachbarn umzugehen. Einige Menschen reichen Beschwerdebriefe bei ihren Vermietern ein, andere sammeln Unterschriften oder klagen sogar, unbeherrschte Charaktere werden gewalttätig, und manche schalten einfach auf Ignoranz. Nun, Herr Riechmann hatte seine ganz spezielle Methode gefunden, mit solchen Leuten fertig zu werden. Gestern hatten sie schon wieder eine halbe Stunde im Treppenhaus gestanden und über ihn hergezogen! „Na, die werden sich wundern!", schwor er. Im Supermarkt gab es diese Woche Rosenkohl im Angebot und ein großer Beutel von dem leckeren Gemüse befand sich jetzt auf seinen Tisch. Die Hälfte davon plante er heute zusammen mit Hähnchenbrustfilets, Kartoffeln und einer mit Kochsahne verfeinerte Geflügelsoße zu vertilgen, den Rest würde er sich morgen zu Gemüte führen.

Aber nicht nur der Gedanke, an die bevorstehende Gaumenfreude, löste bei ihm gute Laune aus. Insbesondere eine aufkommende Zukunftsvision des heutigen Abends in seinem Gehirn, wenn der Rosenkohl seine Wirkung zeigte und den Darm aktivierten würde, so einige Stunden nach dem Lunch, erheiterte ihn sehr und projizierte ein schelmisches Grinsen auf seinem Gesicht.

Als es dann endlich so weit war, sein Verdauungstrakt nun die sehnsüchtig erwarteten Gase produzierte, öffnete er die Wohnungstür und lies ein schönes Aroma des fast verdauten Gemüses in das Treppenhaus. Dabei musste er sich stark zusammenreißen, um nicht lauthals loszulachen, denn wenn er sich vorstellte, wie die Etepetete Tanten aus diesem Haus darauf reagieren würden, falls sie jetzt vorbeikämen und Prisen dieses herrlichen Duftes in ihre Nasen zögen ...

Kurz bevor sich wieder eine, diesmal besonders starke, Blähung bei ihm ankündigte, betrat Frau Plapper-Maul, schwere Einkaufstüten in den Händen haltend, das Treppenhaus. Als sie seine Wohnungstür erreichte, verzog sich angewidert ihr rechter Mundwinkel. Die Rentnerin stoppte ihren Gang, fixierte den Nachbarn mit einem strengen Blick und fragte: „Sagen Sie mal, Herr Riechmann, können sie mir sagen, was hier schon wieder so unangenehm riecht?" „Nein, Frau Plapper-Maul, ich wundere mich auch, woher der Gestank ...!" Just im selben Augenblick entwich ihm der, schon seit einigen Sekunden sehnsüchtig erwartete, Furz mit lautem Knattern aus seinem Darmausgang und die Nachbarin rannte wutentbrannt, wüste Beschimpfungen von sich gebend, nach oben!

Fünf Tage nach dem Biogasattentat erhielt Riechmann ein Schreiben seines Vermieters, dessen Inhalt wenig erfreulich war. Ihm wurde vorgeworfen, dass er im Treppenhaus gezielt unangenehme Gerüche verbreiten würde und eine Unterschriftensammlung der Hausgemeinschaft vorläge. Sollte er dies nicht abstellen, würde er (der Vermieter) gezwungen sein, ihm die Kündigung auszusprechen!

„Hausgemeinschaft, wobei die Betonung auf gemein liegt! Die können mich mal!", dachte er. Trotz der, äußerst negativen, Message, ließ Herr Riechmann sich nicht die gute Laune verderben, denn heute gab es Gyros im Angebot und auch der Tsatsiki war preislich herabgesetzt. Ah: „Knoblauch! Da werden sich Frau Plapper-Maul & Co. aber freuen." Minutenlang verharrte Riechmann still und regungslos in seinem Sessel und sinnierte über das heutige Dinner. Die schier grenzenlose Fantasie des glühenden Furzverehrers produzierte, wie schon vergangene Woche vor dem Disput mit Frau Plapper-Maul, in dessen Gehirn eine Vision, in der er laut furzend im Treppenhaus stand. Riechmanns Mund verzog sich bei dieser bildlichen Vorstellung zu einem süffisanten Lächeln. Dann wurde sie von obskuren, utopischen Wunschvorstellungen verdrängt, in denen er jede Blähung sehen konnte und dies von dem Augenblick an, wo sie aus seinem Darmausgang entwich, bis zu ihrer Ausbreitung. Die Fürze hatten das Erscheinungsbild von überdimensionalen Wolken in unterschiedlichsten Farbtönen (dies, so vermutete

er, lag wahrscheinlich an der differierenden Intensität be-
gründet). Sie fusionierten miteinander, bildeten eine gemeinsame Front und verdrängten so Duftwolken von Reinigungs-
mittel und Raumsprays, wonach aus dem daraus resultierenden Multicoloured-Dunst das triste, graue Treppenhaus in
ein prächtiges leuchtendes Farbenmeer verwandelt wurde.
Schließlich stand er kopfschüttelnd, mit einer leicht irr wirkenden Mimik, auf und begab sich zum Supermarkt, voller,
fast euphorischer, Vorfreude auf das bevorstehende Mahl
und seinen darauf anschließenden geplanten Event, einem
kräftigen Blähkonzert im Treppenhaus.

So kam es dann, wie es kommen musste. Einige Wochen
später lag die Kündigung in seinem Briefkasten. Da Herr
Riechmann nun aber durchaus nicht zu den Menschen ge-
hörte, die klein beigaben, konsultierte er einen Rechtsanwalt
und schilderte diesen ausführlich das Problem, worauf der
Advokat ihn mit einem merkwürdigen, fragenden Blick an-
starrte. „Was ist das denn für ein Klient? Kündigung wegen
Blähungen im Treppenhaus? So ein Fall ist mir in meiner
ganzen Laufbahn noch nicht vorgekommen, will der mich
auf dem Arm nehmen?", dachte er und schreckte plötzlich
aus seinen Gedanken auf, weil Herr Riechmann eine Frage
gestellt hatte. „Entschuldigung, ich war in Gedanken und
habe nicht zugehört, könnten Sie ihre Frage bitte noch einmal wiederholen?" „Natürlich! Also ich bin der Meinung,
dass ein Verbot des Furzens im Treppenhaus oder überhaupt
in der Öffentlichkeit gegen das Grundrecht verstößt, denn
man kann doch nicht immer die Blähungen unterdrücken,
wenn keine Toilette in der Nähe ist. Durch die Wohnungs-
kündigung bin ich auf die Idee gekommen, eine Bürgerin-

itiative, für das freie Furzen in der Öffentlichkeit, zu gründen. 15 Mitglieder sind der Bewegung schon beigetreten, wollen Sie uns rechtlich vertreten? Das wäre dann gleich ihr nächster Fall! Wir klagen vor dem Bundesverfassungsgericht, wenn es sein muss! Freiheit für die Fürze! Lasst alles raus! Sei ein Blähboy oder Blähgirl! Lasst euch ..." „Genug, genug, Herr Riechmann", unterbrach der Rechtsanwalt, mit unwirscher Stimme, den enthusiastischen Redeschwall seines Gegenübers. „Ich werde mir die Sache durch den Kopf gehen lassen, auch wegen Ihrer Kündigung, Sie hören dann von mir!" „Alles klar, und lassen Sie Ihre Fürze raus!", schrie Riechmann und lies einen besonders Lauten knallen! Nachdem der Advokat seinen vermeintlichen Klienten hinauskomplimentiert hatte, rief er seine Angestellten zu sich. „Sollte dieser Herr Riechmann sich noch einmal melden, so sagen sie ihm, dass ich seinen Fall nicht übernehmen kann, da es mir aufgrund von ... ! Ach, ihnen wird schon eine Ausrede einfallen, ich will diesen Irren hier jedenfalls nie wieder sehen!", knurrte er und riss sein Bürofenster auf!

In der darauffolgenden Woche tagte erstmals die von Herrn Riechmann in das Leben gerufene Bürgerinitiative für freies Furzen (Kurz: BiffF). „Wir haben eine Überraschung für dich, Rainer", sprach Stefan Stinkinow. Da Rechtsanwalt Redlich den Fall nicht übernehmen will, haben wir uns ohne dein Wissen um einen anderen Advokaten bemüht. Und es ist uns gelungen, Herrn Gierig für unsere Sache zu gewinnen. Hier ist er!" Rechtsanwalt Gregor Gierig, der des Öfteren als Strafverteidiger bei, äußerst spektakulären, dubiosen, Prozessen auftrat und bei Teilen der Bevölkerung einen sehr zweifelhaften Ruf besaß, erhob sich, um Herrn Riechmann zu begrüßen. Dann sprach der fast zwei Meter große schlanke Mann zu der versammelten Runde, wobei er seinen Blick aufmerksam zwischen den Gesichtern der Mitglieder hin und her schweifen ließ: „Ich denke, es war ein kolossaler Fehler meines Kollegen Reinhard Redlich, das Mandat abzulehnen, denn er verpasst damit eine sehr gute Gelegenheit berühmt zu werden. Zunächst zu Herrn Riechmanns persönlichen Fall: Die Kündigung des Vermieters wird vor Gericht nicht standhalten, denn man kann niemanden verbieten, seine Blähungen in der Öffentlichkeit zurückzuhalten. Dies würde in der Tat gegen das Grundgesetz verstoßen, weswegen ich auch ihrer Idee, eine Klage bei dem Bundesverfassungsgericht einzureichen, sehr gute Chancen auf Erfolg einräume. Sollte die Gegenpartei den Prozess gewinnen, könnte man anschließend ja auch gegen das Rülpsen, das Kochen von bestimmten Mahlzeiten, das Lachen, Weinen und etliche andere Aktivitäten klagen! Und das würde gegen die individuelle ..."(Es folgte eine fast zwanzigminütige Erläuterung des Rechtsanwaltes, der alle Mitglieder der BiffF gebannt folgten)

Als der Jurist sein ausführliches Statement beendet hatte, stand Riechmann, dabei heftig applaudierend, auf und sagte: „Ich bin der Meinung, dass wir mit Ihnen den richtigen juristischen Beistand für unsere Sache gefunden haben, denn Ihre Argumentation deckt sich vollkommen mit der Meinigen!" „Jawohl! Es lebe Rechtsanwalt Gierig ! Es lebe Rainer Riechmann! Für den freien Furz!", kam es lautstark aus den Kehlen seiner Mitstreiter. Nach den, äußerst enthusiastischen, Ausrufen ließen es sich die euphorisierten Mitglieder der BIffF nicht nehmen, minutenlang ihren Gelüsten zu frönen. Einem Ritus ähnelnd, bemühten sich nun alle Furzfanatiker ihren Teil an, der nun entstandenen knatternden Geräuschkulisse, beizutragen. Manchen gelang leider nur leises Zischen. Anschließend verbreitete sich ein sehr intensives Geruchsaroma, das den ganzen Raum ausfüllte. Der Wirt des Lokals verzog angewidert das Gesicht, als er die bestellten Getränke servierte. Da sich seine Angestellten strikt weigerten, die eigenartige Bürgerinitiative zu bedienen, oblag die Aufgabe notgedrungen an ihm. Allerdings war dem Kneipier durchaus bewusst, dass diese, doch sehr spezielle, Gesellschaft ihm Umsätze von etlichen hundert Euro pro Tagung bescherte, was ein großes Argument zu deren Gusto darstellte und ihn, mit unterdrücktem Ärger, den Gestank aushalten ließ. „Werde ich eben nach jeder Versammlung ordentlich lüften und notfalls einige Duftbäume aufhängen", dachte er.

Nachdem die Bürgerinitiative dann, auf ihre ganz spezielle Art und Weise, so ausgiebig gefeiert hatte und die Sitzung eigentlich beendet werden sollte, sagte Stefan Stinkinow plötzlich: „Ach Rainer, das hätten wir jetzt fast vergessen. Meine Frau und ich haben einen Songtext geschrieben. Er trägt den Titel: **„Wir hatten einen guten Schmaus und lassen unsere Fürze raus!"** Ich unterhielt mich letzte Woche mit einem befreundeten Gitarristen darüber, der in einer Stonerrockband spielt. Er komponiert jetzt zusammen mit den anderen Bandmitgliedern die Musik dafür. Wir können den Song ja, auch ohne musikalische Begleitung, jetzt hier mal vortragen." Kaum ausgesprochen, sprang seine Frau auf dem Tisch und begann zu singen. Ihr Mann tat es ihr gleich und so rockten die beiden vor der begeisterten Blähgemeinde los.

Songtext:

Ob Tsatsiki, Linsen oder Lauch
alles landet fein in unseren Bauch

Ob Zwiebeln, Bohnen oder Rosenkohl
arbeitet der Darm fühlen wir uns wohl

Ja,wir tun unseren Hobby frönen
und lassen laute Fürze ertönen

Refrain:
Wir hatten einen guten Schmaus, guten Schmaus
und lassen unsere Fürze raus, Fürze raus

Ey, sind die Leute auch am Schnattern
Wir lassen es in unseren Hosen knattern

Spießer schreien das würde sich nicht schicken
Doch wir furzen ungeniert, sogar beim Ficken

Sie sagen wir seien pervers und total verrückt
Aber ist es gesund, wenn man Fürze unterdrückt?

Wir erwidern habt euch doch nicht so
und die Gase zischen sanft aus dem Po,
denn dafür benötigt man kein Klo
Freiheit für den Furz, auch im Büro!

Refrain:
Ja wir hatten einen guten Schmaus, guten Schmaus
und lassen unsere Fürze raus, Fürze raus

Stefanie Stinkinow sang die nächsten Zeilen solo:

Wenn ich morgens durch die Straßen geh
und die verkniffenen Spießerfratzen seh,
beschleicht mich Angst vor Bauchweh
und ich bläh!

Ob im Supermarkt oder Swingerclubs:
Ich pubs!

Furz, furz, furz,
die Spießermoral ist mir schnurz

Bläh, bläh, bläh!
Sonst tut dein Bauch dir weh!

Refrain:
Ja wir hatten einen guten Schmaus, guten Schmaus
und lassen unsere Fürze raus, Fürze raus

Kaum war der Vortrag des Duos beendet, brach tosender
Applaus aus. Die Furzgenossen konnten sich vor Begeisterung gar nicht mehr beruhigen. „Danke, vielen Dank", sag-
ten Stefan und Stefanie leicht schluchzend und Tränen der
Rührung unterdrückend. „Wir haben uns überlegt, dass du

113

vielleicht nach der zweiten Strophe ein einminütiges Furzsolo hinlegen könntest, Rainer, dadurch wird der Song noch interessanter, die Band ist darüber informiert und freut sich schon auf gemeinsame Probeaufnahmen mit dir", schlug Stefan vor. „Jaaaa, das eine sehr gute Idee, und danach benötigen wir nur noch ein Label, das den Song herausbringt und vermarktet!", schrie Riechmann enthusiastisch, der von Stefans Idee völlig begeistert war.

„Was für Irre!", dachte Rechtsanwalt Gierig, als er die Sitzung verließ. „Aber Hauptsache sie zahlen. Ich werde mir einiges einfallen lassen, damit meine Kosten, welche die geisteskranke Truppe an mich überweisen muss, sich in einer angemessene Höhe befinden, und dafür ertrage ich sogar den ekelhaften, widerwärtigen Gestank! Eine Gewinnbeteiligung an dem Song muss ich mir natürlich auch vertraglich absichern. Die werden sich noch wundern!"

Einige Tage nach dem Gründungstreffen der BiffF standen Trude von Tratsch und zwei weitere Nachbarinnen im Treppenhaus. „Ihr werdet es nicht glauben, aber der Riechmann hat sich einen Rechtsanwalt genommen und klagt jetzt gegen die Kündigung! Nun müssen wir vielleicht auch noch vor Gericht deswegen!" „Es ist sogar noch schlimmer, Trude! Er soll mit einigen anderen Verrückten eine Bürgerinitiative gegründet haben", sagte Klara Klatsch. „Eine Bürgerinitiative für oder gegen was denn?", fragte Frau von Tratsch. „Sie nennt sich BiffF, ich weiß nicht genau, für was das steht." „Aber ich, es heißt (Frau Plapper-Maul senkte ihre Stimme und flüsterte dann): Bürgerinitiative für freies Furzen." „Was? Ih, das ist ja widerlich!", schrien Trude von

Tratsch und Klara Klatsch nahezu synchron. „Den Riechmann und seine Freunde sollte man einsperren, forderte Frau von Tratsch!" „Jawohl, nicht nur, dass er unser schönes Treppenhaus mit seinem ekelhaften Gestank verpestet, jetzt animiert er auch noch weitere Personen zu solchen Schweinereien!", schrie Klara Klatsch, die sich fast in einem Zustand der Hysterie hineinsteigerte. „Ich empfinde das einfach als skandalös, können wir da nicht etwas tun, um den entgegenzusteuern?", fragte Frau von Tratsch. „Beruhigt euch wieder, ihr glaubt doch wohl nicht, dass er mit diesem Irrsinn durchkommt?! Wenn man Riechmann nicht schon vorher in eine Nervenheilanstalt einweist, wird ihm spätestens bei der Gerichtsverhandlung" ... Hier brach Frau Plapper-Maul das Gespräch ab, da sie ihren unliebsamen Nachbarn an der Haustür gesehen hatte! Sie deutete mit dem Finger nach unten und flüsterte: „Wir reden später weiter."

„Na, habt ihr wieder schön über mich gelästert?!", rief Herr Riechmann, den, leicht irren, Blick dabei nach oben gewendet. „Dies ist meine Antwort!", schrie er und lies einen besonders lauten Furz knallen, der von der Lautstärke fast einer Detonation gleichkam und dessen Echo man im ganzen Treppenhaus hören konnte! „Jawohl Rainer! Volle Attacke! Pupsen wir das Spießerpack zu!", stimmte seine Freundin Annika, der man aufgrund ihrer Furzleidenschaft den Spitznamen Annalika gegeben hatte, mit ein und beteiligte sich mittels einer etwas leiseren Blähung an dem Darmwindkonzert! „Das war aber nicht gerade ein besonders lauter Furz Baby, habe ich in der Vergangenheit schon wesentlich explosiver von dir gehört." „Es ging mir in diesem Fall nicht um eine besonders hohe Phonzahl der Blähung, sondern um die Intensität des Geruchsaromas. Schon meine Eltern haben gesagt: „Laute Fürze stinken nicht, aber Leise, die nur leicht zischen, ganz sanft dem Arsch entwischen, die schon!" Riechmann bekam einen Lachanfall und konnte sich überhaupt nicht mehr einkriegen! „Ey Baby, das ist ja ein geiles Zitat, es war mir bisher völlig unbekannt! Das musst du heute Abend bei der Sitzung unserer BiffF gleich zum Besten geben!" „Aber klar, Schatz, die werden sich totlachen, insofern sie es noch nicht gehört haben. Oooooh, ich muss schon wieder einen loslassen. Aaach diesmal ..." (Riechmanns Freundin verzog das Gesicht und blickte verschämt auf dem Boden) „Was ist denn los, Anika?" „Der Aggregatzustand hat sich von gasförmig in flüssig geändert!" Plötzlich drang ein ekelerregender Gestank in Riechmanns Nase und er verzog angewidert das Gesicht. „So kommst du mir aber nicht in meine Wohnung! Zieh dir deinen vollgeschissenen Schlüpfer aus, und schmeiß ihn oben im zweiten Stock vor die Tür von Frau Klatsch! Dann haben sie wieder was zu erzählen!" Anika tat, wie ihr befohlen wurde. Als sie dann in Rainers Wohnung zurückkehrte, fragte Anika ihn, ob er nicht zufällig einen Schlüpfer für sie hätte. „Glaubst du etwa, ich bin ein perverser Fetischist und trage heimlich Damenslips oder was? Ich gehe zu dem Einkaufszentrum und kaufe dir einen Neuen, deine Größe ist mir ja bekannt. Du kannst ja derweil unter die Dusche! Puh, aus deinen Hintern kommt vielleicht ein Gestank, das ist ja widerlich, kein Vergleich zu den aromatischen Furzdüften!" „Ist gut, ich gehe ja schon", sagte Anika kleinlaut und schlich sich mit hängenden Kopf in das Badezimmer.

Im Kaufhaus begegnete Riechmann zwei Mitglieder seiner Bürgerinitiative, einem Ehepaar in mittleren Jahren. „Also Rainer, wir haben jetzt beschlossen, mit gutem Beispiel voranzugehen und, wie von dir angeregt, heute Ente mit Rosenkohl und Kartoffeln gegessen. Die Fürze besitzen wirklich ein phänomenales Duftaroma. Im Vergleich mit ihnen ist das Bukett von Nobelweinen geradezu scheiße!" Wie auf Kommando, ließ das Paar mehrere deftige Blähungen los! Herr Riechmann konnte sich das Lachen nicht verkneifen und auch die beiden Mitglieder der Bürgerinitiative konnten nicht an sich halten. Da erblickte Riechmann plötzlich Frau Klatsch aus dem zweiten Stock, die wutentbrannt auf ihn zulief! „Also jetzt reicht es uns aber endgültig! Sagen Sie ihrer perversen Freundin, dass sie gefälligst den vollgeschissenen Schlüpfer aus dem Treppenhaus entfernen soll, sonst rufe ich die Polizei!" „Sagen Sie ihr das doch selber, wenn Sie der Schlüpfer stört, die hört eh nicht auf mich", log er! „Und warum beschuldigen Sie überhaupt meine Freundin, vielleicht gehört das Kleidungsstück ja Frau Plapper-Maul oder Frau von Tratsch." „Das ist ja wohl eine bodenlose Frechheit und dann auch noch andere Menschen beschuldigen! Es wird endlich Zeit, dass man gegen solche abartigen Typen wie Sie etwas unternimmt! Ich werde jetzt mit dem Polizeirevier telefonieren und dann werden Sie schon sehen, was Sie von ihren Schweinereien haben!", kreischte Frau Klatsch, die sich erneut am Rande der Hysterie befand, mit Zornesröte im Gesicht, und verließ unter den neugierigen Blicken mehrerer, von der Lautstärke des Streits erschreckter, Kunden wutentbrannt das Kaufhaus. „Schlüpfer? Was hat deine Freundin denn angestellt?" „Ach, die wollte vorhin einen loslassen und dabei ist anstatt eines Furzes etwas Flüssiges in ihre Unterwäsche gekommen. Den Schlüpfer hat sie oben im zweiten Stock entsorgt." Das Pärchen blickte ihn zunächst einige Sekunden verdutzt an und bekam dann einen heftigen Lachanfall! Herr Riechmann stimmte herzhaft mit ein, und jetzt begann man das Trio, wegen deren ausgelassener Fröhlichkeit, verwunderlich anzustarren! „Wann ist eigentlich die Verhandlung wegen deiner Kündigung, Rainer?" „Ende nächsten Monats, der Rechtsanwalt hat gleichzeitig auch schon beim Bundesverfassungsgericht eine Klage eingereicht! Für das Recht auf freies Furzen in der Öffentlichkeit!" „Da sind wir aber sehr gespannt, wie die Prozesse ausgehen werden, Rainer." „Ach, Rechtsanwalt Gierig ist da sehr optimistisch. Er hat übrigens bei einer Talkshow angefragt, vielleicht werde ich dort als Gast eingeladen. Gierig ist der Meinung, das wäre eine sehr gute Publicity für die Bürgerinitiative, möglicherweise können wir dadurch noch mehr Menschen für unsere Sache gewinnen!"

Währenddessen ärgerte sich Frau Klatsch maßlos. „Stell dir mal vor, die Polizei hat mir gedroht, ich sollte die Leitung freigeben, wenn ich sie weiterhin mit diesem Unsinn belästige, bekomme ich eine Anzeige! Mich (!!) wollen sie anzeigen, das ist ja wohl absolut empörend! Was ist nur aus unserem Land geworden? Riechmann verpestet zusammen mit seinen vulgären Flittchen das ganze Treppenhaus mit Fäkalien und Ausdünstungen und wir müssen den widerlichen Gestank ertragen!" „Beruhige dich Schatz, der Riechmann ist doch gekündigt. Er hat zwar dagegen geklagt, aber ich kann mir absolut nicht vorstellen, dass er den Prozess gewinnt! Noch ein paar Monate und dann riecht es hier im Haus auch wieder wesentlich angenehmer", antwortet ihr Mann. „Beru-

higen? Ich will mich aber nicht beruhigen! Das Ganze ist
einfach skandalös! Ich habe letztens gehört, dass er eine
Bürgerinitiative für das freie (Ihr Atem stockte kurz, bevor
sie das nächste Wort aussprach) Furzen gegründet hat, stell
dir das mal vor! Es sollen sich mittlerweile schon fast fünfzig Mitglieder seiner Gruppe angeschlossen haben und juris-
tisch vertreten werden sie durch Rechtsanwalt Gierig!"
„Gregor Gierig? Das ist doch ein mieser Winkeladvokat und
Rechtsverdreher! Vielleicht sollten wir auch eine Bürgerinitiative gründen, so etwas wie „Bürger für frische Luft im
Treppenhaus!" „Das ist gar keine so schlechte Idee, Schatz!
Ich werde gleich Frau von Tratsch besuchen und die übrigen
Nachbarn. Fünfzig Mitglieder bekommen wir auch zusam-
men!"

Zwei Monate nach diesen Geschehnissen kündigte die Moderatorin Ilona Illiusionitzki ihren nächsten Studiogast an:
„Er ist bekannt geworden durch die Gründung einer, mehr
als ungewöhnlichen, Bürgerinitiative, die mittlerweile in
ganz Deutschland einen hohen Bekanntheitsgrad erlangt hat!
Hier ist Rainer Riechmann!"

Das Publikum empfing den leidenschaftlichen Verfechter
des freien Furzes mit viel Beifall, aber auch vereinzelten
Buhrufen. Als Herr Riechmann zu der Talkrunde schritt,
produzierte er auf dem Weg dorthin eine kurze, aber ungewöhnlich laute, Blähung, die einige der Zuschauer und auch
die übrigen Talkgäste erschreckt aus ihren Sitzen hochfahren
ließ! Tanja Tanniowskova, ein bekanntes, osteuropäisches
Fotomodel, verzog angewidert das Gesicht und schrie die
Moderatorin an: „Was haben Sie hier bloß für einen kranken

Mann eingeladen?" „Also, also, ich verbiete mir diese Beleidigungen", brüskierte sich der glühende Anhänger des ungenierten Furzens. „Bei allen Respekt Herr Riechmann, aber könnten Sie, bitte Ihre Blähungen aus Rücksicht vor andersdenkenden Menschen etwas zurückhalten?", wies ihn die leicht irritierte Moderatorin zurecht. „Oh, das dürfte mir aber sehr schwerfallen, denn ich genoss heute Mittag Chili con Carne und das Gericht verursacht wirklich sehr heftige Blähungen."

„Vielleicht wäre es für alle Gäste und Zuschauer besser, wenn dieser Mann wieder nach Hause geht, da er sich anscheinend nicht" … „Schon gut, schon gut, Frau Tanniowskova, ich denke, Herr Riechmann kann sich zumindest für dreißig Minuten zusammenreißen." Der BiffF-Gründer starrte Frau Illiusionitzki mit großen Augen erstaunt an und sagte: „Dreißig Minuten? Das ist ja eine ganz schön lange Zeitspanne, aber ich werde mich bemühen, meine Fürze zu unterdrücken, hoffentlich bekomme ich keine Bauchschmerzen!"

Die, nun sichtlich konsternierte, Moderatorin hatte aufgrund der, mittlerweile sehr angespannten, Atmosphäre immense Probleme sich zu konzentrieren, und stellte dann nach einigen Sekunden, in denen sie innerlich nach Fassung rang, die Frage: „Also, Herr Riechmann, was hat Sie denn dazu bewogen, diese, hm ..., sehr außergewöhnliche Bürgerinitiative zu gründen?" Riechmann bemühte sich angestrengt um ein Gefühl der Entspannung, was ihm allerdings extrem schwerfiel, da sein Darm heftig arbeitete, und antwortete dann mit verkniffenem Gesicht: „Nun, ich hielt es, nicht nur aufgrund meiner persönlichen Situation, für mehr als notwendig, etwas gegen die Einschränkungen der individuellen freien Entfaltung zu unternehmen. Es ist ja auch nicht gesund, die Blähungen ständig zu unterdrücken. Eine berühmte Persönlichkeit soll vor einigen Jahrhunderten nach einem Mahl die Fragen „Warum rülpset und furzet Ihr nicht? Hat Euch es nicht geschmacket?", gestellt haben. Ein weiteres Zitat von dem Mann lautet: „Aus einem verzagten Arsch kommt kein fröhlicher Furz!" Ich bin der festen Überzeugung, dass selbst Gott, so er denn existiert, dort oben im Himmel am Furzen ist. Wir sind in unserer spießigen Gesellschaft mit ihren neunmalklugen Moralaposteln gefangen in mittelalterlichen, absolut dogmatischen, Verhaltensregeln und Umgangsformen, sodass die Mitglieder der BiffF und ich zu dem Schluss gekommen sind, es sei jetzt absolut an der Zeit, sich dagegen aufzulehnen. Ausschlaggebend für die Gründung der Bürgerinitiative war ein Disput mit meiner lieben Nachbarschaft und der daraus resultierenden Kündigung meiner Wohnung. Ich bin sehr optimistisch und zuversichtlich, dass sich in naher Zukunft noch viele Menschen unserer Bewegung anschließen werden, welche durchaus reelle Chancen besitzt, zu der größten seit den Endsechzigern des letzten Jahrhunderts, wo man die freie Liebe propagierte, anzuwachsen. Man kann da durchaus Vergleiche mit der 68er-Bewegung ziehen."

Riechmann erntete begeisterten Applaus, einige der Zuschauer hielten Banner, Transparente und T-Shirts mit den Aufschriften „Be smart and let out your Fart!", „Freedom for the Farts!" und „It`s Time for a Fartrevolution!!" in die Höhe. Es ertönten zeitgleich, aber auch einige, unflätige, Be-

schimpfungen und „Riechmann raus!" Rufe. Nachdem sich das Publikum wieder einigermaßen beruhigt hatte, sprach der bekannte und allseits beliebte Autor Christian F., welcher dem Furzfreund genau gegenübersaß: "Ihre Zukunftsvision erscheint mir zwar sehr übertrieben, aber jener Vergleich, „Für die freien Fürze" mit der freien Liebe ist durchaus interessant. Das Zitat mit dem Muff aus tausend Jahren ist da allerdings nicht ganz anwendbar, es sei denn, man ersetzt Muff durch das Wort Furz", meinte Christian F. leicht amüsiert, was, bei großen Teilen des Publikums, schallendes Gelächter auslöste (Später wurde die Idee des Autors von der BiffF aufgegriffen, indem man Werbeplakate herstellte, auf denen einige Richter und andere Vertreter der Justiz abgebildet waren. Über ihnen stand in großen Lettern das abgeänderte Zitat, was natürlich erheblichen Ärger und Unmut bei den Juristen auslöste). „Ansonsten enthalten Ihre sozialkritischen Thesen aber, für mich durchaus nachvollziehbare, Ansätze. Ich habe auch eine Frage an Sie: Ist Ihnen bekannt, dass letzte Woche die deutsche Furzliga gegründet wurde? Dort praktiziert man das Furzen quasi als Wettkampf, unterteilt in mehreren Kategorien. In einer wird, auf Hundertstelsekunden genau, die zeitliche Länge der Fürze gemessen. Dann gibt es noch die Geruchsintensitätssparte und" ...
„Igitt, das ist ja widerlich und abartig, wenn dieses Thema hier noch weiter erörtert wird, muss ich mich übergeben, unterbrach die bekannte Politikerin Elvira Emmerich den Redeschwall des Autors, gerade in dem Augenblick, als Herr Riechmann antworten wollte.

„Aber ich bitte Sie, Frau Emmerich, wir sind hier in einer Talkrunde, da werden Fragen doch wohl noch gestattet sein.

An Sie habe ich übrigens auch eine: Trifft es zu, dass es Überlegungen gibt, Bomben, deren Hauptbestandteile Flatulenzen sind, in Kriegsgebieten und dort gezielt gegen Terroristen einzusetzen? Ihr Parteikollege hat sich letzte Woche, in einem Interview dazu geäußert, er könne sich durchaus vorstellen, dass die Polizei diese dann auch bei der Verbrechensbekämpfung einsetzen würde!"

„Also, das ist ja wohl unerhört! Ich habe keinerlei Kenntnis von solch einem Interview, welcher meiner Parteikollegen soll das gesagt haben?" „Der Verteidigungsminister Schmahrn! Auf einer Internetplattform, deren Name ich hier nicht preisgebe, schlug er interessanterweise auch vor, Langzeitarbeitslose zum Mindestlohn als Produktionshelfer für den Bau einzusetzen, was, bezüglich deren Tätigkeiten, natürlich viele Fragen aufwirft. „Besteht ihre Arbeit dann nur aus acht Stunden furzen oder bekommen sie noch weitere, etwas anspruchsvollere, Aufgaben?", ist eine davon! Zudem gab es, seinen Aussagen nach, auch schon Gespräche, mit Politikern aus anderen europäischen Staaten, zu diesem brisanten Thema und es kursiert ein Gerücht, wonach demnächst eine bekannte Chemiefirma mit dem Bau von, ich bezeichne sie jetzt mal als chemische Kampfwaffen, beginnen wird." „Ich würde sie eher zu den biologischen Kampfwaffen einordnen, fiel Herr Riechmann dem Autor ins Wort. „Okay, okay, dann sind es meinetwegen biologische Kampfwaffen", besänftigte Christian F. den Furzfan, und wandte sich dann wieder der Politikerin zu. „Finden sie nicht, dass dies zu weit führt? Man kann die Auswirkungen ja gar nicht einschätzen. Es könnten durch die Einsätze ja auch Umweltschäden bei Pflanzen und Tieren auftreten.

„Das ist doch alles kompletter Unsinn, denn in den Wüstengebieten gibt es kaum Pflanzen und ...!" Elvira Emmerich
hielt sich ihre Hand vor dem Mund, da sie bemerkte, dass sie
sich einen Fauxpas geleistet hatte. „Aha!! Wüstengebiete!!
Dann scheint ja von dem, was ich gehört und gelesen habe,
alles auf Wahrheit zu beruhen", sagte Christian F. in einem
belustigten und leicht schadenfrohen Tonfall, wobei sich seine Mundwinkel zu einem feisten Grinsen verzogen. Frau
Emmerich rang, ob der Bredouille, in die sie geraten war,
kurz nach Fassung und sagte dann mit stark errötetem Gesicht: „Ich werde mich zu dem Thema nicht mehr äußern,
und finde außerdem, dass diese Diskussion hier völlig aus
dem Ruder läuft, denn"... In diesem Moment entwichen
Herrn Riechmann mehrere, extrem laute, und zudem äußerst
geruchsintensive, Fürze, die im ganzen Saal hörbar waren.
Ein Mitarbeiter der Talkshow hatte sich den Spaß erlaubt,
vor Beginn der Sendung, bei dem BiffF-Vorsitzenden, ohne
dessen Wissen und Einwilligung, neben den sonst bei den
Gästen üblichen, unbemerkt ein weiteres winziges Mikrofon
anzubringen, das sich in der Nähe des Darmausgangs befand. Die, durch Riechmanns Ausdünstungen, entstandenen
Detonationen lösten hysterisches Gekreische bei Frau Tanniowskova aus. Ilona Illiusionitzki, die unmittelbar neben ihm
gesessen hatte, fiel von ihrem Stuhl runter und blieb ohn-
mächtig auf dem Boden liegen, während ein wütender Herr
aus dem Publikum Riechmann an den Kragen packte. Bevor
dieser aber Repressalien erleiden musste, hatten Mitglieder
seiner Bürgerinitiative eingegriffen, und in dem drauf folgenden Handgemenge wurde dem erzürnten Mann ein Stuhl
über den Hinterkopf gezogen. Die Aktionen lösten im ganzen Saal anschließend eine Massenschlägerei aus!

Der fulminante Fernsehauftritt des Herrn Riechmann spalte-
te die Nation. Viele waren zutiefst empört und angewidert,
während sich einige, ob der unterhaltsamen, sehr duftvollen
Talkshow, die wohl für immer einen exklusiven Platz in den
Annalen der Fernsehgeschichte einnehmen wird, köstlich
amüsierten. Andere wiederum empfanden tiefe Sympathie
für den Flatulenzenfreund und schlossen sich seiner Bewegung an. In den sozialen Medien entflammten heftige Diskussionen über die Bürgerinitiative und es bildeten sich
zahlreiche Pro und Kontra Gruppen zu dem Thema. Sowohl
im Fernsehen, als auch in den Zeitungen folgten unzählige
Statements und Interviews, und so mancher Politiker sah in
der öffentlichen Diskussion eine Chance, sich zu profilieren,
während Rechtsanwalt Gregor Gierig hingegen zufrieden
seine Hände rieb.

„Ausgezeichnet, ganz ausgezeichnet, besser hätte der Auf-
tritt gar nicht verlaufen können", resümierte Gierig , als er
die neusten Nachrichten darüber in den Gazetten las. Die
Publicity für die Bewegung war äußerst umfangreich. Täglich neue Meldungen und Kommentare aus fast allen Gesell-
schaftsschichten! Die deutsche Furzliga nahm immer mehr
an Beliebtheit zu. In fast allen Städten wurden jede Woche
neue Furzvereine gegründet und selbst die nationalen Fuß-
ballligen erlitten einen immensen Popularitätsverlust unter
der neuen Lieblingssportart, wobei demnächst die wichtige,
richtungsweisende, Entscheidung anstand, ob das Wett-
kampfblähen bei dem Olympischen Komitee als Sportart an-
erkannt werden sollte, was natürlich große Kontroversen
auslöste. Eher konservative Sportfunktionäre lehnten dies,
ebenso wie die Aufnahme als olympische Sportart, katego-

risch ab, während die Kontrahenten dagegen, in der Förderung des Blähsports, eine Möglichkeit ihres persönlichen Karriereaufstiegs sahen. Die Zukunft sah also rosig aus, und Gregor Gierig hatte sich große Anteile an den Vermarktungsrechten gesichert.

Als der Rechtsanwalt seinen Fernseher anschaltete, lief dort gerade ein Gespräch mit einem Arzt, der die Motive und das Verhalten der BiffF analysierte. Der Mediziner äußerte sich dahin gehend, dass es sich bei dieser Gruppierung, seiner Meinung nach, um eine sehr spezielle Form von Fetischisten handele, was Herrn Gierig, der das Gespräch aufmerksam verfolgte, auf eine neue Idee brachte. Damit nicht genug, wurde anschließend ein aufgezeichnetes Gespräch mit weiteren Ärzten ausgestrahlt. Einer von ihnen war der Ansicht, die Argumentation von Herrn Riechmann enthalte doch stellenweise sehr positive Aspekte und bemerkte, dass die Menschheit sich in dieser Hinsicht an der Tierwelt orientieren solle, da dort keine komplexen Verhaltenskodexe bezüglich von Blähungen existieren. Als Beispiel nannte er das Verhalten der Halloween Landkrabbe, die völlig ungehemmt in ihren Panzer pupst, um diesen zu stabilisieren. Ein bekannter Comedian nahm das später zum Anlass, ein Gedicht zu schreiben, was er in seinen Shows vortrug:

Eine Krabbe tat sich nicht genieren
mit einem Furz ihren Panzer zu stabilisieren
Da trat ein Elefant auf sie drauf
und Muff stieg auf
Dies war der letzte Pups der armen Krabbe
Für den Jumbo war ihr Panzer dünn wie Pappe

„Ja, es ist wirklich ein großer Glücksfall für mich, dass ich an diese Furzkoryphäe und seine Bürgerinitiative geraten bin. Wer hätte bis vor Kurzem jemals geglaubt, dass man durch die Kommerzialisierung von Blähungen Geld verdienen kann", dachte Gierig, von den Aussagen der Ärzte gleichzeitig amüsiert und inspiriert.

In einer Gaststätte war die Stimmung dagegen total konträr, zu der des Rechtsanwaltes Gierig. Hier hielt die Bürgerinitiative „Für saubere Luft in Wohnhäusern und anderswo!" ihr wöchentliches Meeting ab, und die Atmosphäre war eine Gemisch aus Bedrückung, Wut und völligen Unverständnis. „Ist denn das halbe Land verrückt geworden? !", schrie Frau von Tratsch. „Herr Redlich, Sie haben den Typen doch auch kennengelernt, wie ist es zu erklären, dass jetzt große Teile der Bevölkerung mit seiner abartigen, perversen Bürgerinitiative sympathisieren? Und den Prozess gegen seine Kündigung hat er zudem auch noch gewonnen!" „Das ist mir auch alles völlig unerklärlich. Mir kam der Mann total gestört vor, aber er besitzt wohl scheinbar so eine Gabe (oder sollte man es als Charisma bezeichnen?), die Menschen in seinen Bann zu ziehen. Was meinen Kollegen Gierig angeht: Für diesen Mann zählt nur das Geld! Der würde auch psychopathische Massenmörder verteidigen, wenn es sich finanziell für ihn rentieren würde!" „Ja, der ist genauso widerlich", stimmte Frau von Tratsch zu. „Die Frage ist nur: Was unternehmen wir gegen die Bewegung?" „Ich glaube, wir sollten abwarten, denn je öfter Aktionen gegen die Bürgerinitiative stattfinden, umso mehr geraten sie in das Rampenlicht und gewinnen dadurch möglicherweise weitere Anhänger!"

„Allzu lange können wir aber nicht mehr warten, Herr Redlich! Das Leben wird immer unerträglicher. Meine Tochter erzählte mir gestern, dass Julia, die früher einmal mein Lieblingsenkelkind war, zu Hause nicht mehr auf sie hört. Während und nach den Mahlzeiten ist sie jetzt immer am Pupsen. Auch in den Schulen lehnen sich die Kinder gegen die Lehrkräfte auf. In einigen Klassen wird nur noch bei weit aufgerissenen Fenstern unterrichtet, da man es dort ansonsten nicht mehr aushält."

„Genau, Trude! Ich habe von meinem Sohn ähnliches gehört. Und man kann ja auch nirgendwo mehr einkaufen gehen, ohne den abartigen Gestank riechen zu müssen. Selbst die Verkäufer und Verkäuferinnen beteiligen sich ja teilweise daran! Letztens, als ich im Supermarkt war" ... „Bitte keine Einzelheiten, Klara! Mir ist schon ganz schlecht, wenn ich nur daran denke!" „Aber Trude, es muss doch darüber gesprochen werden. Dort werden jetzt massenweise Knoblauch, Hülsenfrüchte und weiteres, zu schweren Blähungen führendes, Essen verkauft, das die Verkäufer pupsend anbieten, ohne dabei auch nur rot zu werden und ...

Bevor sie den Satz beenden konnte, entwich Frau Klatsch ein besonders lauter Furz aus dem Darmausgang, was bei ihr zu einer knallroten Färbung des Gesichts führte! „Also Klara! Das ist ja wohl unerhört! Ich glaube, du hast dich heimlich auch schon dieser abartigen Bewegung angeschlossen und lügst uns hier nur was vor!" „Ja, wahrscheinlich will sie uns ausspionieren und unsere Protestbewegung infiltrieren, sagte Frau Plapper-Maul." „Ich beantrage sofortigen Aus-

128

schluss von Klara Klatsch!", schrie Frau von Tratsch. „Ihr seid wohl verrückt geworden? Ich war es doch, die unsere Bürgerinitiative gegründet hat! Das war eben keine Absicht! Wir waren gestern Abend beim Griechen und deswegen" ...!

„Dem Antrag wird stattgegeben", sagte der erste Vorsitzende kurz entschlossen, welcher zufälligerweise der Ehemann von Frau von Tratsch war. „Was!? ? Ihr könnt mich doch nicht einfach rausschmeißen!" „Das stimmt, zu mindestens muss darüber eine Abstimmung stattfinden, sonst ist es undemokratisch", warf Herr Läster ein. „Na gut, dann stimmen wir jetzt darüber ab, eine einfache Mehrheit langt für die Entscheidung. Also wer für den Ausschluss von Klara Klatsch ist, der hebe jetzt die Hand."

Trude starrte mit grimmigem Gesicht in die Runde, bereit sich die Personen zu merken, welche ihren Antrag ablehnten. Ihr Mann zählte derweil durch: „So wie ich das sehe, kommen wir auf 22 Stimmen, jetzt bitte die Gegenstimmen." Auch hier sah Trude genau hin, um sich zu merken, wer auf ihrer Seite war, während der Vorsitzende die Stimmen durchzählte. „Also ich zähle 22 Stimmen, jetzt noch die Enthaltungen." „Du hast deine Stimme ja noch gar nicht abgegeben!", schrie Trude plötzlich dazwischen. „Ja, mmh ...., das stimmt," sagte ihr Mann (der in der Vergangenheit, ohne Wissen seiner Ehefrau, zeitweilig ein sehr, sehr, enges Verhältnis zu Frau Klatsch gepflegt hatte) mit einem verlegenen Gesichtsausdruck, wobei er, nachdem die bedrohlichen Blicke beider Frauen von ihm registriert wurden, seinen Kopf nach unten senkte. „Ich glaube ich werde" ... „Entschuldigen Sie, ich unterbreche nur äußerst ungern, aber diese Zwistigkeiten führen zu nichts. Außerdem ist mir gerade ein Gedanke gekommen, wie wir gegen die Organisation von Herrn Riechmann vorgehen könnten!" Alle verstummten plötzlich (Herr von Tratsch entwich ein erleichterndes Aufatmen, was seine Frau zu seinem Glück nicht bemerkte) und blickten gespannt zu dem Rechtsanwalt, selbst Frau Tratsch unterdrückte ihre Empörung und sah fragend in das Gesicht von Herrn Redlich.

„Also, ich sollte das hier eigentlich gar nicht erwähnen, aber ich habe gute Kontakte zu der hiesigen Staatsanwaltschaft. Meine Frau ist mit der Gattin von Herrn Justus Justitzius schon seit Jahren befreundet, daher treffen wir uns öfter privat. Ich weiß aus seinem Munde, dass die Bürgerinitiative nicht nur uns ein Dorn im Auge ist. Gerade eben kam mir eine Idee, wie man sie eventuell rechtlich belangen könnte, mir ist es unerklärlich, dass der Staatsanwalt nicht von selber darauf gekommen ist." Er schilderte seinen Plan den anderen und bekam allgemeine Zustimmung. „Ja, dann ist es aus mit diesem stinkenden Riechmann und seinen Kumpanen, dann kann er in einer dunklen Zelle furzen und vor sich hinmüffeln", freute sich Klara, die vorherigen Streitigkeiten völlig vergessend.

„Ihr Vorschlag klingt sehr interessant, ich hatte auch schon denselben Gedanken, bin aber, aufgrund von zu vielen Fällen, bisher nicht dazu gekommen, ihn weiter zu verfolgen", log Justus Justizius, der hiesige Staatsanwalt. „Ich denke, wir haben ausgezeichnete Chancen, Riechmann und seine Bürgerinitiative zu belangen, allerdings muss die Anklage hieb- und stichfest sein, sollten wir den Prozess verlieren,

wird Riechmann zum Märtyrer und wir haben unter Umständen einen Bumerangeffekt. Außerdem macht mir mein Kollege Sorge. Er ist sehr gewieft, könnten wir ihn nicht vorher auch wegen irgendeiner Straftat belangen, sodass er nicht mehr als Verteidiger zur Verfügung steht?", schlug Redlich vor. „Hm, das ist schwer, ich habe es jahrelang versucht, aber seine Handlungen sind alle grenzwertig und ich habe noch keinen Ansatzpunkt gefunden, um ihn zu belangen."
„Ich hätte da eine Idee. Ein Schachgroßmeister hat früher mal erwähnt, dass die Drohung stärker als die Ausführung sei." „Was wollen Sie damit andeuten?", fragte der Staatsanwalt. „Nun, bevor Sie meinen Vorschlag ausführen, sollten wir" ...

Etwa eine Woche nach diesem Gespräch, hielt Rechtsanwalt Gierig ein Schreiben in der Hand, dass er mehrmals durchlas. Wie sollte er sich verhalten? Die Bürgerinitiative war eine wahre Goldgrube für ihn und die Einnahmen würden in naher Zukunft sogar noch steigen, da er mit Riechmann letzte Woche seine Idee von einer Produktion, sehr spezieller, Deos und Raumsprays besprochen hatte, die Verträge mit den Firmen waren auch schon unterzeichnet. Wenn er der BiffF jetzt den Rücken kehrte, bedeutete das gleichzeitig, auf viel Geld zu verzichten. Allerdings, wenn das Schreiben auf Wahrheit beruhte, dann würden auch auf ihn erhebliche Schwierigkeiten zukommen. Keine einfache Entscheidung, die es zu treffen galt, aber vielleicht sollte diesmal wirklich die Vernunft über die Gier siegen, seine Gewinne aus dieser Angelegenheit lagen eh schon in einem Bereich, wo er sich keinerlei Zukunftssorgen mehr machen musste. Also lieber einen Flug auf eine sonnige Insel buchen, und die Bürgerinitiative ihren Schicksal überlassen.

Nachdem Rechtsanwalt Gierig abgeflogen war, veranlasste der Staatsanwalt alles Notwendige für seine Aktion. Mitten während einer Sitzung der BiffF stürmte, ein mit Gasmasken ausgestattetes, Sondereinsatzkommando den Saal und nahm alle Mitglieder fest, ebenso wurden sämtliche Unterlagen beschlagnahmt. Dies stellte aber noch nicht das Ende der Polizeiaktion dar, denn natürlich führten die Beamten auch zeitgleich Hausdurchsuchungen in den Räumlichkeiten der einzelnen Mitglieder durch, insbesondere die Wohnung des Herrn Riechmann wurde komplett auseinandergenommen.

Die Presse brachte es dann am nächsten Tag in großen Aufmacherartikeln auf den Titelseiten. Einer der Headliner lautete: Hausdurchsuchungen und zahlreiche Festnahmen! Rainer Riechmann und die übrigen Vorstandsmitglieder der, allseits bekannten und umstrittenen, „**Bürgerinitiative für freies Furzen**" werden wegen der Bildung und Mitgliedschaft einer terroristischen Vereinigung angeklagt! Der Staatsanwalt Justus Justitziuz wird sich zu der Polizeiaktion und den Verhaftungen heute um 15:00 Uhr in einer Pressekonferenz äußern.

Gregor Gierig las diese Meldung, dabei einem Longdrink in der Hand haltend, und grinste. Er war natürlich zunächst etwas überrascht gewesen, als ihm im Bahnhofskiosk, wo es zum Glück etliche ausländische Zeitungen gab, die Schlagzeile in das Auge sprang. Dann wurde er allerdings sehr nachdenklich. Es gab zwei Möglichkeiten. Die eine davon war, dass ihn jemand gewarnt hatte, der es gut mit ihm meinte, während ihm Option zwei aber wesentlich wahrscheinlicher vorkam. „Ja, höchstwahrscheinlich wird es die Staatsanwaltschaft oder deren Untergebene gewesen sein, die mir den anonymen Brief geschrieben haben, um mich aus dem Weg zu haben, denn diese Aktionen hätten sie niemals durchgeführt, wenn ich noch im Lande wäre", schlussfolgerte er. Allerdings war es ihm, alles im allem, lieber, dass er jetzt aus der Sache raus war, ihn belastende Unterlagen würden sie nicht finden, außerdem galt diese Aktion Herrn Riechmann und den anderen Verrückten. Er wusste, dass die Staatsanwaltschaft diese obskure Bürgerinitiative schon lange im Visier hatte. „Na ja, warum mache ich mir darüber noch Gedanken, ich sollte mich lieber um die Befriedigung meine Bedürfnisse kümmern, dachte er und studierte eifrig die, zum Teil sehr eindeutigen, Annoncen aus dem ältesten Gewerbe.

Die Verhaftung der BiffF-Mitglieder löste sehr unterschiedliche Reaktionen in der Bevölkerung aus. Während einige erleichtert aufatmeten, unter ihnen die „**Bürgerinitiative für saubere Luft in Wohnhäusern und anderswo**", da sie sich in Zukunft von gezielten Blähbelästigungen gefeit schienen, riefen Sympathisanten der BiffF zu Demonstrationen für die Freilassung von Herrn Riechmann und den anderen inhaftierten Mitgliedern der Bürgerinitiative auf. Die größte Demonstration, mit mehreren Tausenden Anhängern und abschließender Kundgebung vor dem Gerichtsgebäude ,endete mit einem Eklat. Die Stadt hatte, da selbst im Rathaus einige Sympathisanten der Bürgerinitiative saßen, den Fehler begangen die Demonstration zu genehmigen. Nach einigen

Rangeleien mit den, Ordnungskräften und zahlreichen Provokationen (einige Demonstranten sprayten Polizisten die gerade neu auf dem Markt gekommenen Furzdeos in deren Nasen), warfen die Radikalsten unter ihnen, selbst gebaute Gasbomben (deren Produzenten durch die Äußerungen von Christian F. und Frau Emmerich in der Talkshow animiert worden), bestehend aus, besonders geruchsintensiven, Blähungen auf die Ordnungskräfte.

Die, darauf folgenden, gewalttätigen Auseinandersetzungen führten zu etlichen Festnahmen. Einige der Polizisten, die zu viel des intensiven Blähgases eingeatmet hatten, erlagen Ohnmachtsanfälle und wurden in das Krankenhaus gefahren. Das war natürlich Wasser auf die Mühlen der Staatsanwaltschaft und allen Gegnern der Bürgerinitiative.

Konservative Gazetten berichteten am nächsten Tag von einer erheblichen Gesundheitsgefährdung durch diesen unglaublichen menschenverachtenden und verabscheuungswürdigen Giftgasterror, während ein, eher neutrales, Magazin die ironische Bemerkung schrieb, dass einige der Polizisten und Bürger in ihren Leben wohl noch nie einen kräftigen Furz gerochen hätten. In einer Zeitung, deren Verleger zu den Befürwortern der von Riechmann gegründeten Bewegung zählte, wurde ein Artikel veröffentlicht, in dem sich ausführlich über die Provokationen der Staatskräfte ausgelassen wurde.Im Fernsehen äußerten sich Regierungssprecher zu den bedrohlichen Ausmaßen des Blähterrors. Berichten des Verfassungsschutzes zufolge seien es, laut Schätzungen, bundesweit über fünftausend Sympathisanten der BiffF, von denen eine potenzielle Gefährdung für die Bevöl-

kerung ausgehe. Man sehe sich mit dem Verbot der Bürgerinitiative und den Verhaftungen ihrer Mitglieder durch die
letzten Ereignisse vollkommen bestätigt. Die Bürgerinitiative sei eine terroristische Vereinigung und deren Mitglieder
eine Bedrohung für den Rechtsstaat, weil sie eine Zerstörung
der öffentlichen Ordnung anstreben würden. Es fänden in
den nächsten Tagen weitere Hausdurchsuchungen statt und
der Staat werde konsequent und unerbittlich gegen alle Täter
dieser verabscheuungswürdigen Terrorakte vorgehen.

Etwa zwei Wochen nach der Demonstration, kam die, für
die Anhängerschaft der BiffF, äußerst schockierende Nachricht in den Medien, dass Herr Riechmann im Untersu-
chungsgefängnis an Darmverschluss verstorben sei. Es kursierten anschließend verschiedene Gerüchte über seinen
Tod. Eines davon besagte, man hätte ihn mit speziellen
Mahlzeiten, die zur Verstopfung und letztendlich zum
Darmverschluss führten, versorgt, damit er nicht seiner Lei-
denschaft frönen konnte. Mehrere Sympathisanten und
Freunde Riechmanns sprachen von gezieltem Mord, während die Leitung der Haftanstalt sämtliche Gerüchte und
Spekulationen heftig dementierte, und dies als reine Fantas-
terei abtat.

Die Beerdigung des Blähterroristen sorgte dann für interna-
tionales Aufsehen. Das Ehepaar Stinkinow, welches, durch
die Zahlung einer nicht unerheblichen Kaution, bis zu ihrer
ausstehenden Verhandlung die Freiheit genoss, organisierte
eine äußerst medienwirksame Trauerfeier. Sie engagierten,
da Riechmann Atheist war und keine Konfession besaß,
einen freiberuflichen Trauerredner, der sich seine Arbeit

sehr hoch honorieren ließ, da er ahnte, was für Strapazen in der Kapelle auf seine sensible Nase zukommen würden. Mit blumigen Worten schilderte er mitreißend das Leben des Freifurzers und seinen leidenschaftlichen Kampf gegen die einengenden, intoleranten Verhaltenskodexe seitens der spießigen Gesellschaft, wofür er am Ende, anstelle tosenden Beifalls, ein spektakuläres Darmwindkonzert erntete. Alle, der gut einhundert, Sympathisanten und Freunde Riechmanns, standen dafür auf, drehten sich mit den Rücken zum Sprecher und zogen demonstrativ ihre Hosen und Röcke herunter, um dann aus ihren Darmausgängen laute Flatulenzen ertönen zu lassen. Fernsehteams aus etlichen Ländern filmten, dieses historisch wohl einzigartige und von den Akteuren genussvoll zelebrierte Furzkonzert zu Ehren eines Verstorbenen, das weitestgehend sogar äußerst rhythmisch klang, so als ob das Orchester dies einstudiert hätte. Bei den Kameramännern verweilte das Bild merklich länger auf einige wohlproportionierte Damenpos. Riechmanns Lebensgefährtin Annika, die sich, mittels einer großen Portion Beef Jerky Chili, auf die Beerdigung perfekt vorbereitet hatte, blieb dies nicht unbemerkt. Als ihr Hintern von einer Kamera anvisiert wurde, versuchte sie eine, besonders kräftige, Blähung zu produzieren. Aber bedauerlicherweise kam, ähnlich wie damals im Treppenhaus ihres geliebten Furzpartners, stattdessen ein flüssiger Schwall aus ihrem Darmausgang, der gegen die Kameralinse spritzte, was zur allgemeinen Erheiterung in der Kapelle führte. Der verdutzte Kameramann war „not amused" und musste sich von seinen Kollegen etliche neckische Bemerkungen anhören.

Im Anschluss, dieser innovativen und sehr kreativen Darbietung, hoben vier kräftige BiffF-Anhänger den Sarg an und trugen Riechmanns Leichnam zur Grabstätte, währenddessen der ohnmächtige Trauerredner mittels Riechsalz „wiederbelebt" wurde. Nachdem man den Sarg dann, bedächtig langsam, in das Grab hinabgelassen hatte, verabschiedete sich jeder der Trauergäste mit einer kleinen individuellen Furzfanfare von dem Blähterroristen.

Drei Tage nach der Beerdigung kam dann die nächste, schockierende Nachricht für die Blähfreunde, denn das Bundesverfassungsgericht schmetterte Riechmanns Klage einstimmig ab, was bei vielen Freunden und Sympathisanten Niedergeschlagenheit und Resignation auslöste. Es gab noch einige Wochen Aufregung, dann gerieten Herr Riechmann und seine Bürgerinitiative langsam in Vergessenheit. Der Staat setzte ein Verbot der Furzvereine und Furzligen, sowie sämtliche öffentliche Veranstaltungen von BiffF-Anhängern durch. Auch die Produktion der Raumfurzsprays und Blähdeos wurde per Gerichtsbeschlüssen eingestellt, was zur Folge hatte, dass einige, die in weiser Voraussicht einen Vorrat von den Behältern angelegt hatten, diese auf dem Schwarzmarkt und im Darknet zu astronomischen Preisen verkauften und sich eine goldene Nase verdienten. Im krassen Gegensatz dazu sanken Umsätze von Firmen aus der Lebensmittelbranche, die sich auf Hülsenfrüchte spezialisiert hatten und jetzt große Mengen ihrer Produkte abschreiben mussten. Einzig der, immerhin in die TOP 100 der Charts aufgestiegene, Song „**Wir hatten einen guten Schmaus und lassen unsere Fürze raus!**" (an dessen Gewinn sich Rechtsanwalt Gregor Gierig natürlich eine 65-prozentige vertraglich festgelegte Beteiligung gesichert hatte) und das, immerhin zeitweilig bis auf Platz 48 der Bestsellerliste aufgestiegene, Buch **„Die Fiktion des freien Furzes"** von Christian F. erinnerten noch eine Zeit lang an Riechmanns Bürgerinitiative. Zwar gab es später noch Bestrebungen von einigen Rockmusikern die Thematik wieder aufzugreifen, was sich in Songs wie **„Depressions of a lonesome Fart"** und **„A Fartrevolution is the Solution"** widerspiegelte", doch gelang es ihnen damit nicht, bei der Bevölkerung Begeisterung zu entfachen.

Wochen nach Riechmanns Beerdigung traf sich die **Bürgerinitiative für saubere Luft in Wohnhäusern und anderswo** in einer Gaststätte um das Ende der BiffF, für deren ehemalige Mitglieder demnächst die Prozesse anstanden, zu feiern. Die Stimmung war äußerst ausgelassen. Auf den Tischen befand sich neben etlichen Sektflaschen, auch eine köstliche Mahlzeit (Ente mit Kartoffeln und Rosenkohl). Als Ehrengast hatte man Rechtsanwalt Redlich eingeladen, den die Bürgerinitiative für seinen grandiosen Plan überschwänglich huldigte. „Dank Ihnen sind wir diesen Riechmann und seine widerliche Anhängerschaft endlich los und vor allem können die Menschen wieder überall frische, saubere Luft einatmen", lobte Frau von Tratsch den Advokaten, atmete danach erleichtert auf und lies einen lauten, knatternden Pups aus ihrem leicht überproportionalen Po entweichen. Der befreite Furz zog durch die offene Terrassentür hinaus in den klaren Nachthimmel, wo, wenn man ganz genau hinsah, auf dem strahlenden Vollmond, für einen ganz kurzen Augenblick nur, ein Gesicht mit feistes Grinsen erschien, das jenen, des verstorbenen Riechmann sehr ähnelte.

Ängste eines Rauchers
oder:
Die Gefahren des Krümeltabaks

Rauchen ist lebensgefährlich, das ist mir vor Kurzem klar geworden. Aber nicht wegen der lustigen Fotos, den Sprüchen, Slogans und Hinweisen, die sich auf den Verpackungen befinden. Nein, ich entdeckte wesentlich größere Bedrohungen!

Jeder finanzschwache Raucher kennt wahrscheinlich das Problem, wenn am Ende des Geldes noch so viel Monat über ist und man vor der schweren Entscheidung steht, ob man die letzten fünf Euro jetzt entweder für Tabak, Brot und Aufschnitt, zwei Fertiggerichte oder doch lieber sieben Dosen Bier ausgeben soll. Nun, damit bei solch schwierigen Lebenskrisen die Entscheidung etwas leichter fällt, haben sich viele Nikotinfreunde einen Hort von Krümeltabak angelegt, bei einigen sind es richtige Vorratslager von mehreren 100 Gramm Dosen.

Für Nichtraucher sei erklärt: Krümeltabak ist jener, fast wie Pulver aussehende Teil des Tabaks, der zum Schluss eines Paketes übrig bleibt. Viele bewahren sich diesen für schlechte, Pardon, ganz schlechte Zeiten, wie zum Beispiel dem Monatsende, also der Zeitraum vom 11. bis zum nächsten Zahltag auf. Bei mir, als Harzer, ist es immer der letzte

Werktag des Monats, wo wir die lang ersehnte Kohle bekommen.

Aber das nur neben bei. Zurück zu dem Krümeltabak: Wenn man mit Krümeltabak dreht oder stopft, so sind die daraus kreierten Zigaretten meist sehr locker. Tommy, ein guter Kumpel von mir, wies mich darauf hin, dass von ihnen die große Gefahr herunterfallender Glut besteht, was mir bisher gar nicht so bewusst war. Als ich in einer ruhigen Stunde darüber sinnierte, wurden mir einige Dinge bewusst, die ich in der Vergangenheit völlig verkehrt interpretiert hatte. Zum Beispiel die vielen kleinen Löcher in den T-Shirts und Hemden. Ich war zuvor fälschlicherweise immer davon ausgegangen, dass es sich dabei um Lochfraß von Motten handelt, bzw. bei neuen Bekleidungsstücken um Produktionsfehler. Das hatte in der Vergangenheit übrigens schon des Öfteren bei Reklamationen meinerseits zu heftigen Streit mit Verkäufern geführt, da diese sich strikt geweigert hatten, sie umzutauschen. Sie erzählten mir immer irgendwas von Brandlöchern. Ich schrie darauf wutentbrannt (entbrannt: Haha): „Wenn ich mir einen brenne, können da keine Löcher entstehen! Schnaps und Bier sind doch Flüssigkeiten! Oder wollen sie mir etwa erzählen, dass mein muskelloser Körper so heiß wird und Löcher in die Klamotten brennt?" Nun, meistens gab ich die Diskussionen nach kurzer Zeit (so ungefähr 45 Minuten) auf, weil meine Kontrahenten sich völlig uneinsichtig zeigten.

Was mir jetzt auch, dank Tommy, klar wurde, ist die wahre Ursache für das Brennen meines Penis beim Onanieren. Da ich ja (entgegen anderer Thesen über Männer) durchaus multitaskingfähig bin, rauche ich dabei immer und sehe mir zeitgleich einen Porno an oder lese ein gutes Buch. Das ist übrigens der Beweis für die vorhandene Multitaskfähigkeit bei Männern. Ich kann aber auch gleichzeitig Zähne putzen, popeln und kacken oder schlafen, träumen, schnarchen und furzen, doch ich will hier nicht abschweifen, denn dass ist wieder ein ganz anderes Thema.

Also, ich vermutete in der Vergangenheit, dass dieses Brennen, welches ich manchmal auf der Eichel meines erigierten Penis verspürte, Folgen eines Trippers oder anderer Krankheiten wäre, und konsultierte einen Urologen, der mir aber bescheinigte, es wäre nicht an dem. Alles sei normal, ich sollte nur hin und wieder mal aus hygienischen Gründen die Spermaschicht an der Innenseite meiner Vorhaut abwaschen (oder benutzte er das Wort abkratzen? Ich kann mich nicht mehr genau daran erinnern, ist auch egal).

Damals war ich jedenfalls sehr verärgert über die Aussage, bezweifelte sie, jetzt weiß ich aber, dass der gute Mann recht hatte. Es war herunterfallende Glut der Krümeltabakzigarette, die das Brennen verursachte.

Nachdem ich das alles realisierte, war mein erster Impuls Kumpel Tommy anzurufen, um ihm die neuen sensationellen Erkenntnisse mitzuteilen. Aber anstatt mir dankbar zu sein, bekam er einen Lachanfall. Ich knurrte ihn an: „Alter, lach nicht, das ist hier eine todernste Angelegenheit. Die Tabakindustrie sollte dringend neue Fotos auf ihren Verpackungen drucken! Erigierte Penisse in der Mitte, oben brennende Zigaretten und unten einen Warnhinweis wie: „Obacht! Rauchen kann zu" ..." „Jaaahaa, ich weiß, unterbrach er mich. Du hast übrigens vergessen, zu erwähnen, dass auch Brandlöcher in der Bettwäsche und dem Laken entstehen können, wenn du in deinem Bett rauchst." „Das empfinde ich als nicht so schlimm, erwiderte ich, die sind eh schon voller Löcher vom Mottenfraß (oder Produktionsfehlern). Gerade, als meinem Kumpel erneut ein Anfall ausgelassener Heiterkeit überkam, fiel mir ein Stück Glut meiner lässig im Mundwinkel hängenden Krümeltabakzigarette in das heiße Fett der Bratpfanne (Ich wollte mir gerade einige Spiegeleier braten), was zur Folge hatte, dass die daraus entstehende Stichflamme mir die rechte Gesichtshälfte leicht versengte und ich das Gespräch abrupt beenden musste. Ich muss gestehen, dass in mir seitdem doch wieder arge Zweifel bezüglich meiner Mulitaskfähigkeit aufkommen.

Nun, mittlerweile habe ich mich wieder erholt (es sind seit dem dramatischen Ereignis auch schon einige Monate vergangen) und als Schlusssatz möchte ich die Raucher unter euch eindringlich warnen:

Vorsicht beim Krümeltabakzigarettenrauchen! It`s very dangerous!

<u>Verloren</u>

Verloren in der Welt
nur Fremde um mich herum
die mich nicht verstehen,
obwohl sie meine Sprache sprechen

Vergewaltigt von dem Konstrukt,
das sich Leben nennt
irre ich umher
endlose Suche nach etwas Glück

Hoffnungen zerplatzten wie Seifenblasen
unerfüllte Sehnsüchte, die an der Seele nagen
zu Grabe getragene Pläne und Ziele
und nirgendwo ein Hauch von Liebe …

<u>No Answers</u>

Dark Clouds in the grey sky
I´m looking back to my past and ask me: Why?

So many tries
So many lies

Is Sucide the Solution?
Is Freedom an Illusion?

And still the Question: „What`s the Sense of Life?"
No Answers, every day is a Fight of survive!

Durch die Stadt

Ich sah in Augen ohne Leben
so kalt, leer und tot
obwohl noch nicht gestorben

Ich blickte in Gesichter,
die ihr Leid hinausschrien,
ohne ihren Mund zu öffnen

Fahre durch Straßen, vorbei an Häuser,
die Geschichten erzählen könnten,
welche Bücher füllend wären

Sehe Lichtschein aus Wohnungen,
Räume, in denen gefeiert wurde
und Plätze, wo wir uns einst trafen

Erinnerungen durchfluten mein Gehirn
Wogen von Liebe und Hass, Freud und Leid,
von Produkten einer verruchten Stadt

Die Vergangenheit ist eine schwarz-weiße Kammer
Die Zukunft ein Asyl der Hoffnung
 und die Gegenwart ein Hirte, der seine Herde schlachtet!

Zum Schluss ein paar „flache" Gedichte:

Rapsfeld

In einem großen Rapsfeld
befand sich ein Reh ohne Geld
Es lag dort mit seinen beiden Kitzen,
die saugten an des Rehes Zitzen
Weiter kam ich bisher noch nicht,
darum ist es ein unfertiges Gedicht!

Gekillter Killer

Ein Kieler Killer mit einem Kilt
den holten ein paar Kieler kiel
und als der Killer dann gekillt
trug eine Kielerin seinen Kilt

Bar, Barbara, der Barbier und ein paar Bier

Ein Barbier steht am Pier und trinkt ein paar Bier
Da schreit aus der nahen Bar, die Barbara:
„Ey, Barbier, sei kein Barbar und gib mir auch ein Bier!"
Die Augen des Barbieren starren in die ihren
Er lallt: „Ey Barbara, an meinen Händen sind schon Schlieren
Weißt du auch den Grund?"
Ja, du säufst zu viel, das ist nicht gesund!

Inhaltsverzeichnis

Anmerkungen, Nachwort und Dankeschön:

Zunächst einmal wieder der Hinweis, dass sämtliche in den Geschichten vorkommenden Personen, Handlungen und Orte frei erfunden sind! Lediglich bei einer Kurzgeschichte sind teilweise authentische Erlebnisse und Dialoge eingebaut. Die dort in der Geschichte vorkommende Person(unbenannt) wird sich erinnern und ist auch darüber informiert.

Und dann natürlich an dieser Stelle wieder mein üblicher Dank an meine Freunde, die mir bei der Entstehung dieses Buches geholfen, bzw. mich inspiriert haben. Diesmal muss ich an erster Stelle meine beste Freundin J.W. nennen, die mich zu mehreren der Kurzgeschichten inspirierte und auch sehr viele Ideen und Anregungen zu diesen beisteuerte. (Vielen Dank auch für das tolle Foto!) Aber auch T.C. aus E. und T.C. aus Kiel lieferten mir einige Ideen zu den Storys.

Jörg Maaß